데이트하자!

푸른도서관 79

데이트하자!

초판 1쇄 / 2018년 2월 20일
초판 3쇄 / 2021년 6월 15일

지은이 / 진 희
펴낸이 / 신형건
펴낸곳 / (주)푸른책들
등록 / 제321-2008-00155호
주소 / 서울특별시 서초구 양재천로7길 16 푸르니빌딩 (우)06754
전화 / 02-581-0334~5 팩스 / 02-582-0648
이메일 / prooni@prooni.com 홈페이지 / www.prooni.com
인스타그램 / @proonibook 블로그 / blog.naver.com/proonibook

글 ⓒ 진 희, 2018
ISBN 978-89-5798-581-6 03810

＊잘못된 책은 구입한 곳에서 바꾸어 드립니다.
＊이 책 내용의 일부 또는 전부를 재사용하려면 반드시 저작권자와
(주)푸른책들 양측의 서면 동의를 얻어야 합니다.

이 도서의 국립중앙도서관 출판시도서목록(CIP)은 서지정보유통지원시스템 홈페이지(http://seoji.nl.go.kr)와
국가자료공동목록시스템(http://www.nl.go.kr/kolisnet)에서 이용하실 수 있습니다.
(CIP제어번호: CIP2018000270)

(주)푸른책들은 도서 판매 수익금의 일부를 초록우산 어린이재단에 기부하여
어린이들을 위한 사랑 나눔에 동참합니다.

데이트하자!

진 희 지음

푸른책들

차 례

사과를 주세요

1.

의지다.

교무실이 있는 1층 출입구 앞에서 노란 피켓을 가슴팍에 당당히 올려 들고 서 있는 여자애는. 노란 머리띠에 노란 팔 찌에 삼선 슬리퍼까지 노랑. 노란색에 아주 한이 맺힌 듯 머 리끝에서 발끝까지 작정하고 노랑 일색이다. 문제의 발단이 된 그 노란 리본도 지금 의지 옷깃에 버젓이 매달려 있을 것 이다. 기어이 사고를 치는군, 하는 생각. 내 그럴 줄 알았지, 하는 생각. 두 가지가 동시에 스쳐 갔다.

나는 느릿느릿 출입구 쪽으로 걸어갔다. 등교하던 아이들 이 의지와 의지가 든 피켓을 흘끔거리며 지나갔다. 감탄의

환성을 내지르거나, 서로 옆구리를 찌르며 낄낄 웃어 대거나, 저희끼리 뭐라고 수군거리거나, 반응도 여러 가지다.

가까이 다가서자 피켓에 적힌 문구가 또렷이 보였다.

사과를 주세요.

과연 의지답다. 전후 사정 다 생략하고. 물론 이렇게 되기까지의 과정이야 전교생이 빤히 알고 있겠지만, 자기가 원하는 것 한 가지만 저토록 강력히 주장하고 있으니 말이다.

'사과를 달라!'도 아닌데 뭐가 강력하냐고 할 수도 있겠다. 하지만 내게는 심히 강력하게 다가온다. 저건 오직 의지만이 생각해 낼 수 있는 구호니까.

'사과를 받고 싶어요.'라든가, '사과를 하세요.'라든가, '학생도 사과받을 권리가 있습니다.' 식의 과격한 요구 따위 다 치우고 풋, 하고 웃음마저 터지게 하는 저런 문구를 선택한 것도 의지의 작전일 테다. 어쩌면 자기 엄마에게서 전수받은 요령일지도.

의지와 눈이 마주쳤다. 용감하게 1인 시위 중인 이런 순간에도 진지 타는 건 제 스타일이 아니라는 듯, 의지가 나를 향해 살짝 윙크했다. 나는 엄지를 쓱 치켜 보였다. 의지가 싱긋 웃었다. 저렇게 시크하게 웃을 땐 꼭 남자애 같다.

의지가 나처럼 남자애였다면 나와는 더없이 각별한 친구가 되었을지도 모른다. 땀 흘리며 같이 농구도 하고 피시방도 다니고 몰래 술도 나눠 마시고 어깨를 겯고서 밤거리를 배회하고. 하긴 지금도 그런 것들은 이따금 같이한다. 내가 은근히 불편해서 그렇지. 특히 어깨 겯기 같은 것. 미묘한 그 불편함을 의지 앞에서 내색한 적은 없다. 그랬다간 의지가 깔깔 웃으며 이렇게 말할 테니까.

너 나 좋아해?

그럼 나는 당연히 이렇게 받아치겠지.

미쳤냐?

그럴 때 아무렇지 않은 듯 표정 관리는 필수. 발끈해서도 안 된다. 대수롭지 않게 툭 내뱉어야 한다. 정말 뜬금없는 소리라는 듯, 짜증 난다는 듯. 자칫했다간 의지한테 속을 들켜버릴 위험이 다분하니까.

속을 들킨다, 어쩐다, 신경 쓰는 거 보니 혹시 의지를 진짜로 좋아하는 거 아니냐고? 그건 아니다. 내가 뭐가 아쉬워서 의지 같은 선머슴을 좋아하느냔 말이다. 우리 학교에만 해도 예쁜 애들이 널렸다. 요즘은 다 화장발이라고 해도 타고난 기본 바탕이며 몸매는 어쩔 수 없는 거다. 뭐, 몸매라면 의지도 굳이 나무랄 데가 없긴 하지만. 바싹 짧게 깎은 머리만 빼면 얼굴도 그리 형편없진 않다. 어쨌거나 의지 정도 생긴 애들은 흔하디흔하다. 게다가 이름도 의지가 뭐냐, 의지가. 부를 때 낭만이나 감상이 끼어들 여지를 안 주는 이름이지 않나. 그러고 보면 의지야, 하고 불러 본 기억도 없다. 만날 한의지, 이랬으니.

"한의지. 수업은 들어갈 거지?"

걱정인 듯 아닌 듯 지나가며 던진 내 물음에 의지 대답은 경쾌했다.

"당연하지!"

이름하여 준법 투쟁이라. 역시 의지는 의지다.

의지를 처음 만난 건 지금으로부터 2년 전, 중학교 3학년이 되던 봄이었다. 그보다 며칠 앞서 엄마가 나래와 나를 붙들고는 이산가족이라도 찾은 것처럼 난리법석을 떨었다. 내용인즉슨, 엄마네 학교에 특강을 온 한영 작가가 알고 보니 엄마 고등학교 동창이었다는 것. 그리고 서로 반갑게 연락처를 주고받았으며 곧 따로 만나기로 했다는 것.

나로 말하자면 좀 어이가 없었다. 이름이 제법 알려진 작가에게 까마득한 옛 인연을 들먹이며 개인적인 만남을 청하다니. 엄마한테 교내 문학 동아리를 지도하는 국어 교사라는 명분조차 없었으면 어쩔 뻔했나. 만남을 앞두고 기뻐 어쩔 줄 모르는 엄마를 보며 나는 내심 민망하기도 했다.

반면 초등학생이던 나래는 엄마에게 작가 친구가 있다는 새로운 사실을 듣고 잔뜩 들떴다. 평소엔 거들떠보지도 않던 책을, 그중에서도 한영 작가의 청소년소설들을 모조리 사들여 놓고는, 그 책들에다 작가 사인을 받아야 하니 자기도 꼭 데려가야 한다고 다짐에 다짐을 거듭하는 거였다. 그러는 나래에게 엄마는 가족 모임이니 걱정하지 말라고 했다. 게다가 한영 작가가 나와 동갑인 딸을 데리고 나온다나 뭐라나.

사실 그 말을 듣고 솔깃하지 않은 건 아니었다. 초등학교 때 지겹도록 보던 여자애들 대부분이 같은 중학교로 진학하여 3년째 접어들었으니, 심심하기 짝이 없는 나날이었다. 그런데 바야흐로 뉴페이스 등장! 신선한 사건이었다. 친구 녀석들에게 은근히 자랑질도 해 두었다. 소개팅이라도 앞둔 기분이었다.

드디어 디데이. 엄마와 나, 나래 앞에 한영 작가와 뉴페이스, 아니 의지가 나타났다. 가족 모임이랄 땐 언제고 아빠더러 집이나 잘 보고 있으라던 엄마가 의아했는데, 그쪽도 모녀 둘뿐이었다.

"반가워. 나는 의지야, 한의지."

처음 보는데도 거리낌 없이 먼저 손을 척 내밀며 의지가 말했다. 순간 나는 딱 감을 잡아 버렸다. 한영, 한의지. 그러니까 엄마 성을 따랐구나. 그러면 의지 아빠는……

"이혼했어. 의지 세 살 때."

한영 작가가 시원시원한 어투로 내 짐작의 나머지 퍼즐을 채워 주었다. 엄마에게 건넨 말이었지만, 멍 때리고 있는 엄마 대신에 나래와 내가 끄덕끄덕했더랬다. 처음 만나는 자리에서 그런 얘기를 아무렇지도 않게 꺼내 놓는 엄마에게 눈총을 줄 법도 한데, 한두 번 겪는 일이 아닌 듯 의지는 대수롭지 않아 보였다.

"너 부끄럼 타니?"

의지가 생글생글 웃으며 묻고선 여전히 내밀고 있던 손을 까딱까딱했다. 나래도 나도 어딜 가서 낯을 가리는 편은 아니다. 그렇지만 엄마 친구 앞이니까 존중 차원에서 부끄럼 따위, 라고 삐딱하게 받아치는 건 참았다. 나는 의지 손을 가볍게 잡았다가 뗐다.

"나는 태오. 공태오."

"이름 멋있다."

이름만? 하고 물을까 하다 그것도 참았다. 몇 십 년 만에 친구를 만난 엄마의 아들로서 반듯하게 보여서 나쁠 건 없으니까.

"저는 나래예요. 공나래. 내 이름도 멋있, 아니, 예쁘죠? 우리 엄마가 지었어요."

"귀엽다."

의지의 말에 한영 작가도 웃으며 동의했다.

"잘생긴 아들에 귀요미 딸내미까지. 자식 농사 잘 지었네."

"아휴, 무슨. 순 골칫덩이들인걸."

엄마가 호호 웃으며 어울리지 않는 겸손을 떨었다. 졸지에 골칫덩이가 되어 버린 우리 둘도 엄마를 따라 후후 웃어 주었다. 의지가 내 눈을 똑바로 바라보며 웃었다. 박하사탕 같은 웃음이었다. 귀가 오롯이 드러나는 커트 머리 탓인지 내 또래 여자애라기보다는 씩씩한 소년 같았다. 친구들에게 자랑할 만큼 예쁘지 않아서 조금은 실망스러웠지만, 새침 떠는 애가 아니어서 편하다는 생각도 들었다.

"진작 영숙이 넌 줄 알았음 좀 더 일찍 만나고 좋았을 텐데."

아쉬워하는 엄마에게 한영 작가가 눈을 찡긋하며 말했다.

"영숙이는 좀 촌스럽잖아."

흠, 그러니까 한영 작가 본명이 한영숙? 슬며시 웃음이 났다.

"엄마, 그럼 나도 나중에 작가 되면 이름을 공나로 할까?"

나래가 천진하게 제안했다. 공나가 뭐냐, 공나가. 타박하고 싶었지만 나는 하하 웃어 주었다. 다들 함께 웃었다.

"생전 책도 안 읽는 게 작가는."

엄마의 뒤늦은 면박에도 나래는 꿋꿋했다. 그뿐만 아니라 엄마한테 또록또록 맞받아치기까지 했다.

"엄마는 왜 자식 꿈을 짓밟아?"

공나래, 언제부터 네 꿈이 작가였냐? 엄마는 이렇게 말하고 싶었을 거다. 동감이다.

한영 작가가 작가님답게 나래에게 희망의 한 말씀을 해 주셨다.

"책이야 지금부터 읽으면 되지. 나도 열두 살 무렵에 처음 작가의 꿈을 품었단다. 나래 너도 할 수 있어. 우선 일기 쓰는 습관부터 들여 보렴."

"일기요?"

한영 작가가 자애롭게 끄덕였다. 열두 살 나래의 두 눈이 반짝반짝 빛났다. 엄마와 내 눈길이 부딪쳤다. 아마 엄마도 그 순간 나와 같은 생각을 하고 있었을 거다. 나래 너 일기 쓰는 거 아주 질색하잖아, 하는.

엄마와 한영 작가는 그 만남 후로 절친한 사이가 되었다. 한영 작가도 그렇게 생각하는지는 모르겠지만 엄마 표현대로라면 그렇다. 엄마의 주장을 증명이라도 하듯 한영 작가는 우리 아파트 단지로 이사까지 와 버렸다. 덕분에 의지와는 같은 고등학교로, 오늘까지.

그나저나 의지의 시위로 인해 우리 학교 '국어'인 엄마 입장이 퍽 난감하겠다. 의지가 한영 작가 딸이고 한영 작가와는 고등학교 때부터 아주 가까운 친구 사이라고, 동료 교사들에게 자랑스레 공표해 두다시피 해 놓았으니 말이다. 의지 시위의 시작점인 '수학'은 악명 높은 학생 부장. 엄마에게 의지의 저 발칙한 의지를 꺾으라는 지시가 떨어지는 건 아닐까, 조심스레 예상해 본다.

교실에선 다들 의지 얘기가 한창이었다. 가만히 있지 않은 용기가 대단하다는 둥, 완전 멋있다는 둥, 우리도 함께해 주어야 하는 거 아니냐는 둥, 신이 나서 박수 치는 우호파들. 이해가 안 되는 건 아니지만 수학이랑 둘이서 해결하지 학교 시끄럽게 저렇게까지 할 필요가 있느냐는 둥, 뺨을 맞은 것도 아닌데 저건 좀 지나치다는 둥, 적당히 하지 너무 튀어도 안 좋다는 둥, 몰아붙이는 반대파들. 원래부터 제 잘난 맛에 사는 애였다는 둥, 작가 엄마 믿고 천지 분간 못하고 나댄다는 둥, 예쁘지도 않은 게 예쁜 척, 잘난 척해서 아주 꼴불견이라는 둥, 이때다 하고 물어뜯는 흠집 내기파까지. 의지야 그러건 말건, 학교 분위기가 어떻건 상관없이 제 공부만 들입다 파는 학구파, 또는 무관심파도 간혹 있었다. 반장이 그 대표다.

그중에서도 수학이 가만있지 않을 거라는 의견이 압도적으로 많았다. 엄마 때문에 표면적으론 중도파를 지향해야 하는 나도 거기엔 한 표. 이건 결국 수학이 자초한 일이라는 데에도 기꺼이 한 표.

수학과의 그날 일에 대해서는 의지와 같은 반인 재현에게서 세세히 전해 들었다. 그 다음 날 당사자인 의지한테서도 다시 듣긴 했지만, 재현이 그려 준 광경만큼 드라마틱하고 흥미진진하진 않았다. 여학생들 특유의 쓸데없는 감탄사나 과장을 뺀 의지의 담백한 묘사 탓일 게다. 가령 이런 식.

"리본을 떼래."

"노란 리본?"

"응. 이제 그만하래."

이제 그만하라는 그 멘트나 좀 그만하시지. 그만하라는 소리를 들을 때마다 반사적으로 화가 치솟으니까.

"그래서?"

"리본은 애도의 권리라고 했지."

"그랬더니?"

"요즘은 개나 소나 권리 타령이라고."

나는 웃었다. 아마 나였으면 수학 앞에서도 피식 웃어 주고 넘어갔을 거다. 왜 멀쩡한 개랑 소를 갖고 그러는지는 둘째고, 상대해 줄 가치가 없는 사람은 아예 진심으로 대하지 않는 게 상책이라는 주의니까. 내가 생각해 낸 건 아니고, 아빠가 밤늦도록 갑질하는 거래처 사장 술 시중을 들고 온 날, 변기 붙들고 토하는 아빠 등 두드려 주며 엄마가 위로 삼아 해 준 말이다.

"그래서 수학한테 따졌구나."

"따졌다기보다."

"그럼?"

"'그럼 저는 개입니까, 소입니까?' 그랬지."

수학 표정이야 안 봐도 훤하다. 재현의 말을 빌리자면, 폭발을 눈앞에 둔 화산 같았다나? 그러니 의지 얼굴을 똑바로 노려보며 그런 소리를 지껄였겠지. 어디서 선생님한테 눈 똑바로 뜨고 또박또박 말대꾸냐고. 너희 아버지가 그렇게 가르치더냐고. 요즘 세상엔 개나 소보다도 못한 인간들이 널렸다고.

수학이 의지 앞에서 아버지를 들먹인 것에 대해 나는 심각한 수준의 분노를 느꼈다. 의지가 더 상처받을까 봐 의지 앞에서 내색은 안 했지만. 어쨌거나 반 아이들 앞에서 개나 소에 빗대어진 것만으로도 모자라 그보다도 못한 인간 취급을 당한 의지가 즉시 수학에게 사과를 요구한 것은 당연한 이치.

"개랑 소한테 특별한 유감이 있는 건 아냐."

의지가 생긋 웃으며 덧붙였다. 어쩌면 의지는 리본 착용 금지와 더불어 노란색에 알레르기 반응을 보이는 학교 분위기에 온몸으로 항의하고 있는 것인지도 모르겠다. 그러므로 사과는 일종의 상징.

나는 가방 옆 지퍼에 걸어 놓은 노란 리본을 들여다보았다. 수학뿐 아니라 수업에 들어오는 몇몇 선생님도 교복 옷깃에 매단 노란 리본 배지를 탐탁지 않아 한다는 걸 느끼고선 차선책으로 택한 거였다.

우리 집 베란다에는 지금도 노란 리본이 묶여 있다. 빨래 건조대 가장자리에 길게 늘어뜨려진 채로. 엄마 솜씨다. 처음엔 노란 바탕에 검은색 글씨들이 힘차게 줄지어 선 현수막이었다. 위치도 밖에선 잘 안 보이는 베란다 안이 아니라 난간 바깥. 엄마의 맹렬한 의지에서 비롯된 일이었다. 얼마

후 다른 집들에도 비슷한 내용의 현수막이 여러 군데 걸렸다. 아파트 단지 곳곳에서 바람에 펄럭이는 노란 현수막이 비장해 보였다. 현수막이 점점 늘어나자 관리사무소에서 전체 방송을 했다. 아파트 관리 규약에 위배된다며 현수막 철거를 명한 것이었다. 엄마는 마구 화를 냈다. 집에서만. 그러니까 베란다 안쪽에 길게 늘여 묶은 리본은 엄마의 차선책인 셈이다.

"아, 아. 학생 여러분께 알려 드립니다."

스피커에서 방송이 시작됐다. 와글대던 아이들이 일시에 조용해졌다.

"오늘 아침, 불미스러운 일로 인한 긴급 교사 회의가 열려 0교시 보충 수업은 자율 학습으로 대체합니다. 다시 한 번 말씀드립니다. 오늘 아침에 일어난 불미스러운 일로 인해 긴급 교사 회의가 열릴 예정이……."

방송이 채 끝나기도 전에 아이들이 우우 함성을 질러 댔다. 환호인지 불만인지 한데 섞이니 아리송했다. 옆에서 영태가 벙벙한 얼굴을 들이대며 물었다.

"야. 불미스러운 게 뭐냐?"

무식한 새끼라고 핀잔을 주려다 멈칫했다. 뉘앙스야 대략 알지만 말로 풀어 설명하자니 애매했다. 나는 아직 걷지 않은 핸드폰을 꺼내 포털 사이트 사전으로 들어갔다. 이참에 정확한 뜻을 짚어 보기 위해서였다.

불미스럽다 – 아름답지 못하고 추잡한 데가 있다.

용어 선택 진짜 끝내주신다. 내가 보건대, 진짜 불미스러운 인간은 의지가 아니라 수학이다.

"다들 조용히 하고, 핸드폰 내라!"

반장이 교탁 앞에 나와 서서 소리쳤다.

"자습인데 벌써 내?"

"그래, 오늘은 이따 내도 되잖아."

연이은 두 녀석의 말에 핸드폰 수거함을 든 채로 반장이 대꾸했다.

"담임이 지금 걷으래."

이유야 뻔하다. 교내에서 일어난 일을 결코 교외로, 무엇보다도 인터넷 세상으로 알리지 말라는 경고.

"이건 언론 탄압이야."

어떤 녀석이 뇌까렸다.

"그렇게 정의감 충만하면 한의지 옆에서 피켓이나 같이 들어 주든가."

또 한 녀석이 유들유들 비꼬았다.

"안 그래도 피켓 만드는 중이다, 새끼야."

또 다른 녀석이 맵게 내쏘았다. 저 자식이 말로만 저러는 건지 정말 만들 건지는 모르겠지만, 일단 내가 추천해 줄 문구는 이거다.

개입니까? 소입니까?

나야말로 개랑 소에게 특별한 유감은 없다.

2.

"공태오!"

의지 목소리다. 급식을 먹고 나와서 3층으로 오르는 계단 모퉁이를 막 돌아서던 참이었다. 나는 뒤돌아서서 아래를 내려다보았다. 한 손에는 어제의 그 피켓을 든 의지가 다른 손을 올려 휘두르며 물었다.

"사과 먹을래?"

의지 손에 든 건 정말 사과였다. 반들반들 윤이 나는.

"나 사과 진짜 많아. 애들이 막 주고 가."

픽, 웃음이 터졌다. 사과를 주고 가는 건 애들 나름의 소극적 동조인가? 나도 사과부터 한 알 구해다 의지한테 안겨야 할까 보다.

"너나 실컷 먹어."

나는 웃으며 대꾸했다. 의지도 웃었다. 손에 쥔 빨간 사과만큼이나 상큼한 웃음이다. 어제 교무실로 불려 가 교장 이하 여러 선생에게 그리 시달리고도 전혀 굴하지 않는 저 의지라니! 오늘도 의지는 이른 아침부터 학교에 와서는 어제 섰던 그 자리에서 피켓을 앞세우고 열심히 무언의 주장을 했다. 그리고 나는 오늘 아침에도 의지를 스쳐 가며 엄지를 척.

교실에선 다들 이 소리, 저 소리로 난리를 치더니 정작 의지 옆에 함께 서는 녀석은 한 놈도 없었다.

국어가 엄마인 태생적 한계를 극복하고 진짜로 내가 나서야 하나? 교무실에 불려가 한 소리씩 듣는 거야 딱히 겁날 거 없지만, 그때 엄마 표정이 어떨지 궁금하긴 하다. 존엄한 이상과 비루한 현실의 경계에서 엄마는 또 씩씩대며 화를 내려나. 나한테만.

"한의지. 밥은 먹었냐?"

"그럼!"

단식 투쟁은 취미 없다, 이거지? 그 구박을 받고도 초췌하기는커녕 어째 두 뺨에 어제보다 더 윤기가 흐르는 듯. 응원처럼 쏟아지는 저 사과들 덕분인가. 진짜 사과는 아직 받지도 못했는데.

그런데 과연, 의지가 진짜 사과를 얻게는 될까?

어젯밤 엄마는 의지 엄마와 긴급 회동을 가졌다. 말이 긴급이지 의지네 집에선 흔한 일상이어서 긴장감 같은 건 딱히 찾아볼 수 없었다. 사안이 사안인 만큼 엄마와 의지 엄마는 평소처럼 탁 트인 거실이나 주방이 아닌 방으로 들어가 문을 닫아 버리긴 했다. 맥주 심부름을 하며 슬쩍해 온 맥주 두 캔으로 의지와 나도 간만에 뭉쳤다. 깍두기처럼 끼어든 나래가 의지를 영웅 보듯 치켜세웠다.

"의지 언니 짱!"

의지의 맥주 캔에 시시때때로 눈독을 들이는 나래를 방에서 밀어내고서야 의지에게서 수학 이야기를 들을 수 있었다.

"그래서 수학은 뭐래?"

"뭐, 딱히."

"교무실에서 마주쳤을 거 아냐."

"그냥 웃던데?"

"너 하나쯤은 가뿐히 무시해 주시겠다?"

"그럴 수도."

"자기 얘기 아닌 척하는 걸 수도 있어."

"그럴지도."

"시간 좀 걸리겠는데?"

"사과에는 원래 시간이 필요한 법."

"할까 말까 망설이는 시간?"

"아니, 그런 것보다……. 사과는 종이컵이 아니거든."

"무슨 뜻이야?"

"생각해 봐."

사과와 시간과 종이컵의 조합이라. 자판기에서 잠깐이면 뽑는 인스턴트커피처럼 성의 없이 건네는 사과가 아니라, 예쁜 머그잔에 시간을 들여 내린 향 좋은 원두커피. 그러니까 어쩔 수 없어서 내던지는 사과가 아닌 진정한 의미의 사과를 받고 싶다는 얘기? 알 것도 같고 모를 것도 같다.

"시간이 얼마나 걸리든 느긋하게 진행하겠다는 뜻?"

"비슷해."

"교칙 위반 그런 걸로 얽으려 들면?"

"타당한 근거를 대라고 해야겠지."

따지고 보면 그렇다. 의지가 폭력 사건을 일으킨 것도 아니고, 떠들썩하게 수업을 방해한 것도 아니고, 그렇다고 수업 거부는 더더욱 아니고. 아침 등교 시간부터 정규 수업인 1교시 전까지, 황금 같은 점심시간, 그리고 석식 후 야간 자율 학습이 시작되기 전까지의 자유 시간을 짬짬이 활용하여 의지는 그저 조용히 서 있는 것일 뿐이니까. 피켓을 들고 서 있다는 게 문제라면 문제겠지만. 피켓의 단출한 문구 덕택에 걸고넘어지기도 곤란할 테다. 수학에게 고하노라, 라는 전제라도 달고 있으면 또 몰라. 사과를 주세요, 라는 문장 어디에서도 불온한 선동 같은 건 찾아볼 수가 없으니 말이다.

"내 예상은 이래."

"뭔데?"

물으며 의지가 내 쪽으로 얼굴을 한 뼘쯤 들이밀었다. 총총 반짝이는 눈도 눈이지만 숨소리가 고스란히 들릴 만한 위치다. 이런 거 은근히 불편하다니까. 불만스레 내뱉는 대신 나는 의지의 콧잔등에 촘촘하게 자리 잡은 모공에 집중하고서 말했다.

"조만간 한의지는 태성고 사과녀로 등극."

"에이. 뭐야, 그게."

의지가 곁에 놓인 쿠션을 내 얼굴로 집어 던졌다.

"야! 떴다, 떴어!"

소식을 물고 온 영태의 온몸에 신바람이 가득했다. 높이 올려 든 핸드폰을 흔들어 대는 폼이 시키지 않은 막춤이라도 마구 쳐 보일 태세다. 5교시를 코앞에 둔 시각, 식곤증으로 나른히 늘어져 있던 아이들이 우르르 영태에게로 몰려들었다.

"뭐야, 뭐야?"

"뭐가 떴다는 건데?"

하나 마나 한 물음들에 나는 코웃음을 쳤다. 척하면 척이지, 멍청하게들 묻기는. 어제 의지에게 일러둔 내 예언, 아니 예고가 착실히 실현되고 있음이다. 요즘 같은 LTE 시대에 조금 늦은 감이야 있지만.

"이야. 사진발 죽인다."

"실물보다 이백 배는 잘 나왔는데?"

"야. 한의지 걔가 안 꾸며서 그렇지, 원래 빠지는 앤 아니라고."

"제목 봐라, 제목. 태성고 사과녀란다. 킥킥."

"아 씨. 우리 학교 이름 팔리게. 누구야? 학교 이름까지 까발린 게."

"야, 야. 댓글 쩐다. 벌써 수만 개다, 수만 개."

아이들마다 한 마디씩 의견들이 줄을 이었다. 아주 신들이 나셨다. 나는 모여든 머리통들 틈으로 슬쩍 비집고 들어갔다. 수만 개는 뻥이고, 수백 개쯤. 이 속도라면 오늘 밤까지

천 개는 너끈히 넘길 듯싶었다. 누구 솜씬지! 사진발 죽인다는 덴 격하게 동감이다. 핸드폰 화면 속에서 피켓을 든 의지가 포즈라도 취해 주듯 방긋방긋 웃고 있었다.

쾅!

벼락 치듯 문이 닫히는 소리에 한데 모였던 아이들이 후다닥 흩어졌다. 나도 재빨리 내 자리로 돌아왔다. 몸을 숨기기에 늦어 버린 영태만이 핸드폰을 손에 쥔 채 칠판 앞에서 얼어붙어 있었다. 5교시는 분명 문학인데, 우리 교실로 들어선 사람은 하필이면 수학이었다. 교실 안은 일순 정적에 휩싸였다. 수학이 영태에게 손을 펴 내밀었다. 영태가 수학의 손에다 우물쭈물 제 핸드폰을 얹었다.

"반장 누구야?"

자리에서 일어서는 반장에게 수학이 명령했다.

"나와."

반장이 앞으로 나가 수학을 마주 보고 섰다.

"오늘 폰 안 걷었어?"

"걷었습니다."

"걷었는데 이건 뭐야."

"가끔 안 내는 애들이 있……, 죄송합니다."

반장이 머리를 숙였다. 영태도 덩달아 고개를 푹 숙였다.

"너, 뭐 하는 새끼야?"

수학이 핸드폰으로 반장의 이마를 쿡쿡 찍으며 말을 이었다.

"반장이 돼 가지고, 핸드폰 하나 제대로 못 걷고, 수업 준비는 개판이고. 뭐 하는 새끼야, 너?"

근데 저 인간은 걸핏하면 개를 소환하나. 인간들 일에 늘 죄 없이 불려 나오는 개야. 미안.

"죄송합니다."

반장이 다시금 공손히 머리를 숙였다.

"죄, 죄송합니다."

옆에서 영태도 더듬더듬 말하고는 머리를 조아렸다.

"입으로만 죄송하면 다야? 진정성이 없어, 진정성이."

죄인처럼 고개를 숙이고 있던 반장이 수학을 쳐다보며 차분히 말했다.

"반장으로서 해야 할 일을 제대로 못한 것 반성합니다. 다음부터는 이런 일 없도록 하겠습니다. 죄송합니다, 선생님."

내가 보기에 저 정도면 진정성 측면에서는 최상급이다. 그러나 수학은 학교에 휘날리는 악명답게 싱글대며 빈정거렸다.

"죄송 좋아하네. 속으론 씨발 거리고 있는 거 다 알아, 새끼들아."

자유 민주주의 국가에서 속으로 씨발도 못 거리나? 이 순간 우리 반에서 속으로 씨발 거린 사람이 나뿐만은 아니었을 거라는 데 천 원 걸겠다.

"반장 들어가고, 넌 뒤로 나가. 벌점은 필수. 폰은 한 달간 압수. 전부 수학책 꺼내."

어떤 녀석이 분위기 파악 못하고 불쑥 손을 들었다.

"뭐야?"

"지금 문학 시간인데요."

"국어 선생 특별 상담 들어가셨다. 내일 수학 시간이랑 바꾼다."

의지와의 개별 면담 특무가 결국 엄마에게. 어젯밤 회동으로 봐선 의지 엄마와는 이미 모종의 합의가 된 것 같은데. 그 합의란 분명 의지의 의지를 존중하고 지켜보겠다는 것일 테고. 그러니 의지 데리고 특별 상담이랍시고 나눌 대화들이 무슨 의미가 있을지 모르겠다.

아무튼, 의지의 1인 시위 겨우 이틀째. 아까까지만 해도 어제와 별다를 것 없어 보이더니만, 급박하게 돌아가는 걸 보면 교무실에도 '태성고 사과녀' 소식이 파다하게 퍼졌나 보다. 학교 입장에서는 '사과녀'보다 '태성고'가 더 큰 문제겠지만, 어쨌든. 세상에 널리 알려져야만 사실이 진실이 될 기회를 얻는 이 더러운 세상. 씨발.

3.

"수학이 했대!"

누군가가 물고 온 뉴스에 반 아이들 모두가 즐겁게 웅성거렸다. 오후 보충 수업이 끝나고 석식을 먹으러 가려고 일어설 무렵이었다.

오늘로써, 사과를 주세요, 만 사흘.

의지 말마따나 시간이 제법 필요할 줄 알았건만, 생각보다 금세 이루어진 사과에 조금 맥이 빠지는 느낌도 들었다. 어쨌거나 사과는 사과다. 수학으로선 형식적인 사과일 테지만, 수많은 눈이 주시하고 있을 때는 형식뿐인 사과일지라도 의미는 있다고 본다. 인터넷 여론 덕택이건 교장의 압력 때문이건 무의미했을 특별 상담 덕분이건, 결론적으로 의지가 철저히 무시당하지 않았다는 사실만은 분명하다. 이토록 빨리 얻어 낸 의지의 승리가 아이들에게 긍정적인 반향을 일으킬 거라는 사실 또한. 나는 저녁을 미루고 의지네 교실로 뛰어내려갔다.

"한의지. 축하한다."

"축하는 뭘. 이제부터 시작인걸."

그러고 보니 의지 손에는 여전히 그 피켓이 들려 있었다.

"사과, 받았다면서."

"받았지."

"그런데 왜?"

"생각, 해 보랬잖아."

생각, 더 안 했다. 사과와 시간과 종이컵 사이의 오묘한 역학 관계에 관해서 알 것도 같고 모를 것도 같았지만 더 생각 안 하고 거기서 멈췄다.

의지가 피켓을 책상 위에 내려 두고 창가로 가 섰다. 나도 뒤따라 의지 옆에 섰다. 창밖을 내다보며 의지가 말했다.

"종이컵이었거든."

"수학이 준 사과?"

"응."

"그거라도 어디야."

"난 그렇게 생각 안 해."

그럼 한의지 너의 생각은 도대체 뭐냐. 나는 곰곰 머리를 굴려 보았다.

생각, 생각, 생각해 보자. 그러니까 사과가 한 번 쓰고 버리는 종이컵처럼 일회성이어서는 안 된다? 그러니까 받아들이는 상대방이 감동할 때까지 사과를 무한 반복이라도 하라는 뜻? 설마.

"한의지. 그건 좀 심하지 않냐?"

"뭐가 심한데?"

"일사부재리의 원칙이란 것도 있는데."

"이 사람은 유죄입니다. 땅땅땅! 그럼 피해자의 아픔은 거기서 딱 끝이 나는 거야? 가해자가 유죄 선고받았으니까 아픔도 올 클리어? 그런 거야?"

의지가 공격적으로 나오니까 주춤해졌다.

"뭐, 그렇진 않겠지만."

"거봐. 아니잖아. 그러니깐 시간이 필요하다는 거지. 지금 우선 귀찮고 입장 곤란하니까 선심 쓰듯 던져 주는 사과는 진짜 사과가 아니라는 얘기지, 내 말은. 시간에 정성을 더해서 상대가 왜 상처받았는지 알아가는 게 먼저. 사과는 그런 다음에 진심으로 다가서는 일이어야 해. 가능하다면 여러 번, 그리고 지속해서. 성가시니까 치워 버리기 위해서, 부끄러우니까 잊어버리고 묻어 버리기 위해서, 먹고 난 종이컵 쓰레기통에 내던져 버리듯이 한 번 쓱 해치우는 행동이 아니라."

"말하자면, 잊기 위해서가 아니라 오래 기억하기 위해서 사과를 해야 하는 거다?"

"그렇지. 옜다, 사과. 줬으니 이제 그만 좀 해라. 주는데 왜 안 받냐. 어서 받고 좀 끝내자. 이런 태도가 아니라, 아픔을 공감하는 마음에서 시작된 진짜 사과."

"한의지. 너 말 잘한다?"

웃으며 건넨 말이지만 나는 진심으로 감탄하고 있었다. 의지가 생긋 웃으며 말했다.

"씨앗은 신문에서 읽은 칼럼이야."

"씨앗?"

"사과에 대한 내 생각들, 내 말들의 시작점."

"어떤 글인데?"

"사과의 딜레마, 라는 글. 엄기호 오빠가 썼어."

"엄기호…… 오빠?"

"응. 그 글에서 엄기호 오빠는 이렇게 말했어. 피해자의 고통에 대해 시간을 들여 알아야만 한다. 고통은 순간이 아니기에 사과도 순간이 될 수 없다. 사과는 시간을 들여 반복, 지속해야 하는 행위다. 우리는 잊고 묻으려고만 하는 사과에 저항해야 한다. 완전 동감이야."

오빠라는 호칭도 호칭이지만 글귀를 줄줄 외우기까지. 나는 의지의 정신세계를 사로잡은 그 '오빠'가 궁금해졌다. 폰이 있었으면 당장 검색부터 들어갔을 텐데. 아쉽다.

"뭐 하는 사람인데?"

"문화학자래. 책도 여러 권 썼어. 나이를 감안하면 아저씨라고 불러야 맞겠지만, 멋있으니까 오빠!"

의지 입에서 멋있다는 표현이 나오니까 기분이 묘했다. 뭐랄까. 둘이서 나란히 걷다가 나만 뒤로 툭 떠밀린 느낌. 그럴 줄 몰랐는데 갑자기.

"나보다 멋있어?"

"왜 너랑 비교를 해?"

그러게. 이 시점에서 그런 걸 묻고 있는 내가 나도 이상스럽다. 나는 시큰둥하게 대꾸했다.

"뭐, 그냥."

"수상하다."

"뭐가?"

"너 지금 당황하고 있잖아."

당황했나? 그 정도는 아닌 것 같은데. 아무렇지 않게 나가자. 그래야 한다.

"당황은 또 누구야. 당근 동생쯤 되냐?"

"좋아해?"

"뭐?"

"공태오 너, 나 좋아하냐고."

"미쳤냐?"

오. 준비된 자의 침착함. 잘했어, 공태오.

내심 자부하다가 나는 의지를 슬쩍 곁눈질했다. 의지의 표정에 별다른 변화는 없었다. 입가에 잔잔히 맴도는 미소도 그대로. 교실 안은 그새 텅 비어서 우리 둘만 남았다. 의지가 지나가는 말처럼 물어 왔다.

"태오 너지?"

"뭐?"

"인터넷에 나 찍어 올린 거."

눈치는 귀신이다. 이럴 땐 태연스레 잡아떼는 게 상책이다.

"내가 그런 짓을 왜 하냐?"

"그야 나도 모르지."

생글 웃는 의지와 눈이 딱 마주치고 말았다. 심장이 쿵. 나는 얼른 외면했다.

"나를…… 좋아해서?"

"뭔 헛소리야."

"헛소리란 말이지?"

"당연하지."

"아무튼 고마워."

"아니랬다."

"공태오. 일단 우리 밥부터 먹자."

"일단? 그런 다음엔?"

자기 자리로 돌아간 의지가 피켓을 반짝 들어 올리고선 사뭇 명랑하게 외쳤다.

"다시, 사과를 주세요!"

피켓을 든 채 총총걸음으로 교실을 나서는 뒷모습을 잠시 지켜보다가, 나는 펜을 집어 들고 성큼 의지를 따라잡았다.

"한의지."

"응?"

의지가 나를 돌아보았다.

"줘 봐."

나는 의지에게서 피켓을 받아 들었다. 의지의 여섯 글자 문구 앞에다 적당한 크기로 브이 모양을 그린 다음 그 속에 두 글자를 첨가해 돌려주었다. 피켓을 되돌려 받은 의지가 소리 내어 문구를 읽었다.

"진짜, 사과를 주세요."

"너 진짜 좋아하잖아."

의지가 의미심장한 미소를 지었다. 그러고는 내 눈을 빤히 들여다보며 말했다.

"주어가 없네."

이런. 나는 얼른 반격에 나섰다.

"무슨 주어? 곡해는 금물이다."

"주어를 주세요!"

의지가 장난스럽게 주장했다.

한의지. 이젠 나한테까지 저항하는 거냐? 그 불굴의 저항 정신에 건배!

나는 주어 대신 의지 이마에 가볍게 딱밤을 주었다. 어쩔 수 없이 터진 웃음은 덤이다. 의지도 웃었다. 찬란해졌다.

※ 34쪽에서 의지가 언급한 엄기호의 글은 2015년 5월 19일 자 〈경향신문〉에 실린 칼럼 「사과의 딜레마」입니다.

데이트하자!

나래

어떻게 생각해요?

개교기념일이 토요일인 거 말이에요.

열네 살 공나래 인생에서 이렇게나 어처구니없는 경우는
처음, 아니, 거의 처음이라고요.

지난 6년 동안 개교기념일마다 꼬박꼬박 달콤한 휴일을 맛
보았는데, 중학교에 입학하자마자 이게 웬 날벼락인지 모르
겠다니까요?

이건 분명 교장 선생님의 얄미운 꼼수가 틀림없어요.

수현 오빠도 그렇게 생각하죠?

"데이트하자."

나는 고개를 들었다. 환하게 트인 시야로 한가롭고 평화로운 공원의 전경이 들어왔다.

여기는 집 근처 공원 안 벤치. 지금은 볕이 나른하도록 따듯한 봄날 오전, 토요일이자 개교기념일. 나무들은 가지마다 앙증맞은 꽃송이들을 거느리고 있었고, 목덜미를 스치고 가는 바람은 더없이 다정했다.

"데이트하자."

나긋나긋한 요청의 목소리가 또 한 번 들려왔다. 어리둥절했던 방금 전과는 달리 지금은 방향을 정확히 알겠다. 나는 쓰고 있던 다이어리를 덮고 목소리가 건너온 왼쪽을 돌아보았다. 내 옆에 앉아 기다렸다는 듯 방그레 웃어 보이는 사람. 일흔은 족히 되어 보이는 할머니였다.

아이코. 이건 또 무슨 황당무계한 시추에이션?

나는 하아, 한숨을 터뜨리고 말았다. 열렬히 짝사랑 중인 수현 오빠도 아니고, 물론 수현 오빠가 그럴 리도 없겠지만, 아무튼. 수현 오빠 비스름하게 생긴 근사한 남학생도 아니고. 태어나 처음 받은 데이트 신청인데, 할머니라니!

그런데 이 할머니, 발그레한 뺨이며 정성스레 그린 눈썹이며 연분홍으로 칠한 입술이며 이 연세에 곱게 화장까지 한

걸 보면 정말 여기 데이트라도 하러 나오셨나 보다.

저기요. 할머니. 번지수가 틀렸거든요?

마음 같아선 요렇게 말해 주고 싶지만.

"할머니. 저 남자 친구 있걸랑요."

상냥하게 말하고서 나는 헤헤, 웃음도 섞었다. 하지만 할머니도 만만찮았다.

"나도 남자 친구 있어."

태연히 이러는 거다. 어이가 없어 후유, 다시금 한숨이 나왔다.

그러니까요 할머니, 데이트는 그 남자 친구랑 하시면 되겠네요.

요래 대꾸하고 싶지만 이번에도 참기로 한다.

"할머니, 여기서 남자 친구 만나기로 하셨어요?"

대답은 없이 할머니가 또 방그레 웃었다. 웃는 모습이 열일곱 소녀 같기도 하고 일곱 살 먹은 아이 같기도 하다. 나도 배시시 웃었다. 이 할머니 좀 이상해, 생각하면서.

토요일마다 수현 오빠가 이 공원으로 운동을 하러 나온다는 정보를 귀띔해 준 건 이종사촌인 이유 언니였다. 이유 언니랑 수현 오빠는 같은 반이다. 얼마나 좋을까? 태성 중학교 최고의 스타 나수현과 같은 반이라니. 2년만 더 일찍 태어났어도 내가 수현 오빠랑 같은 반이 되었을지도 모르는데. 참으로 안타까운 일이다. 그나마 다행인 것은 이유 언니가 그토록 멋진 수현 오빠한테 별 관심이 없다는 사실. 안 그랬음 사촌 자매간에 사랑의 라이벌이 될 뻔했다. 그런 건 생각만 해도 정말 비극적인 일이 아닐 수 없다.

하긴 뭐, 한 번쯤은 그런 비극의 주인공이 되어 보는 것도 나름 그럴싸하겠지만. 그러기엔 이유 언니 외모가 나한테 한참 달리는 것도 사실이다. 일단 키가 작잖아. 6학년 때 폭풍 성장을 해 주신 나에 비하면 이유 언니는 땅꼬마 수준이니까. 그러니 별명도 여태껏 초등학교 때 그대로 땅콩이지. 크크.

그리고 얼굴도 객관적으로 내가 훨씬 우월하다. 이건 아빠에게 고마워해야 하겠지? 오빠랑 나, 둘 다 엄마보다는 아빠를 더 닮았다. 아빠 판박이인 우리 오빠는 내가 봐도 무지 잘생겼다. 또래들에 비해 키도 아주 우월해 주시고.

그런데도 아직 여자 친구가 없다는 게 불가사의이긴 하다. 엄친딸 의지 언니처럼 여자이기만 한 친구 말고, 진짜 여자 친구. 어쩜 눈이 높아서 그럴지도. 원래 자기가 멋지다는 걸 알고 있는 사람들은 눈이 꽤 높은 편이니까. 물론 나도 포함해서. 후후. 그래서 내가 수현 오빠를 좋아하는 거다. 데이트도 수현 오빠같이 멋있는 남자랑 해야 되는 거고. 여기 난데

없이 나타난 이 이상한 할머니가 아니라.

그나저나 수현 오빠는 대체 언제 나타나려는 걸까? 조바
심이 났다. 나는 준비해 온 배드민턴 가방을 만지작거리며
다시금 계획을 정리해 보았다. 내 계획은 이렇다.

첫째, 운동하러 나온 수현 오빠랑 우연히 마주친다. 여기
서 중요한 건 '우연히'다.

둘째, 배드민턴을 같이 치자고 한다. 만나기로 한 친구가
약속을 펑크 냈다며 최대한 불쌍한 표정을 짓는 걸 잊지 말
자.

셋째, 둘이서 호호 하하 즐겁게 배드민턴을 친다.

넷째, 벤치에 나란히 앉아 내가 만들어 온 샌드위치랑 주
스를 나누어 먹는다. 이런저런 이야기도 함께 나누면서.

다섯째, 전화번호를 교환한…….

"배드민턴 치자."

또 할머니다. 나는 푸우, 숨을 내쉬었다. 결정적인 순간에
끼어들어 내 아름다운 상상을 망치다니. 게다가 누군지도 모
르는 할머니랑 배드민턴을? 절대로 안 될 거야 없겠지만, 이
할머니는 좀 이상하니까 아무래도 망설여진다.

"할머니."

"응?"

"여기 혼자 오셨어요?"

"약속했어."

"누구랑요? 남자 친구랑요?"

"아니."

"그럼 누구랑요?"

"안 와."

"그러니까 누가 안 오냐고요."

"우리 아들."

"아아. 할머니 아들이랑 여기서 만나기로 약속하셨구나?"

"응."

착하게 대답하는 모습이 꼭 유치원생 같았다. 혹시…… 치매, 그런 건가? 그렇담 빨리 할머니네 집에 연락을 해야 하는 거 아닌가? 나는 은근 걱정이 됐다.

"배드민턴 치자."

할머니가 또 어린애처럼 보챘다. 가만 생각해 보니, 수현 오빠가 나타날 때까지 이 할머니랑 배드민턴을 치고 있는 것도 나쁘진 않겠다. 우연한 만남을 이루기 위해서는 벤치에 앉아 있는 것보다 오히려 더 자연스러워 보일 테니까. 오지 않는 친구를 기다리던 중에 할머니의 배드민턴 파트너가 되어 드린 사연을 들으면 수현 오빠는 조금 감동할지도 모른다. 그럼 나에 대한 수현 오빠의 호감도도 상승!

"할머니, 배드민턴 칠 줄 아세요?"

"응!"

할머니 얼굴에 생기가 돌았다.

나는 배드민턴 가방에서 배드민턴 채 두 개와 셔틀콕을 꺼냈다. 집에서 이걸 챙겨 나올 땐 수현 오빠랑 둘이 배드민턴 치는 그림을 그리며 마냥 흐뭇했었다. 그런데 수현 오빠 대신에 낯선, 그리고 조금 이상한 할머니랑 먼저라니. 어쨌거나 평범하지 않은 일이니까 일기에 쓸 거리 하나는 생겼다.

할머니를 모시고 벤치 앞 배드민턴 코트로 내려왔다. 자잘한 꽃무늬 원피스를 입은 할머니가 배드민턴 채를 두 손으로 움켜쥐고 네트 너머에서 나를 바라보았다. 할머니 입가엔 여전히 웃음이 아른거리고 있었다.

"할머니! 이제 시작이에요."

"어서 시작해."

또록또록한 대꾸를 들으니 좀 헷갈렸다. 치매 그런 거 아닌가? 그냥 조금 이상한 할머니일 뿐인가? 어쨌거나 몇 살이냐, 공부는 잘 하느냐, 형제자매는 어떻게 되느냐, 등등 초면에 시시콜콜 물어 오며 참견이나 해 대는 할머니가 아니라는 점은 맘에 든다.

나는 할머니 쪽으로 서브를 넣었다. 셔틀콕이 날쌔게 날아갔다. 할머니가 무작정 배드민턴 채를 휘둘렀다. 셔틀콕은 할머니 머리를 넘어 땅바닥에 내리꽂혔다.

"할머니! 두 손 말고 한 손으로 쳐야지요. 이렇게요."

나는 할머니를 향해 채를 부드럽게 휘둘러 보였다. 할머니가 나를 따라 했다.

"이렇게?"

"네, 그렇게요."

"알았어. 어서 시작해."

한 손으로 채를 쥐고서 할머니가 재촉했다. 어이가 없었다. 셔틀콕이 어디에 있는지 아랑곳하지 않는 할머니 때문이었다.

"할머니가 시작해야죠. 할머니 차례잖아요."

"응? 내 차례야?"

"네. 거기 할머니 뒤에 셔틀콕 있……."

내가 채 말을 마치기도 전에 할머니가 배드민턴 채를 커다랗게 휘돌렸다. 마치 투명한 셔틀콕이라도 쳐서 날리는 것처럼. 얼떨결에 나도 채를 휘두르고 말았다. 날아온 투명 셔틀콕을 되받아 치는 것처럼.

할머니는 다시금 채를 휘둘렀다. 그리고 나도. 그러고도 쉴 새 없이, 그리고 셀 수 없이 여러 번. 땅에 떨어져 누운 저 셔틀콕이 우릴 보며 낄낄 웃겠다. 에휴.

셔틀콕을 무시한 투명의 랠리가 한동안 이어졌다. 시늉만 하는데도 점점 지치는 건 마찬가지였다. 능청스러운 저 할머니 체력도 참 좋다.

"할머니! 이제 그만해요."

뭔가 우스꽝스러운데 재미는 없고 숨은 찬데 머리 위 햇볕은 점점 뜨겁고. 그런 불평들은 속에만 두었는데도 할머니가 단칼에 잘랐다.

"싫어."

"그럼 좀 쉬었다 해요. 물도 마시고요."

"물?"

"네. 저 샌드위치랑 주스도 있어요."

할머니가 반짝 환해진 얼굴로 배드민턴 채를 내동댕이쳤다.

"샌드위치 먹자."

데이트하자, 배드민턴 치자, 그럴 때랑 똑같은 어투다.

"아무렴요."

나는 조그맣게 궁얼거렸다.

이 할머니 식탐도 끝내준다. 수현 오빠랑 나눠 먹으려고 정성스럽게 만들어 온 샌드위치를 할머니가 와구와구 다 먹어 치워 버렸다. 싱싱한 과일들로 직접 갈아 온 주스도 할머니가 꼴깍꼴깍 마셔 버렸다.

잘 먹고 있는 사람한테서 고만 먹으라고 뺏을 수도 없고, 종일 굶다가 처음 만나는 음식인 양 맛나게 먹어 주시니 한편으론 뿌듯하기도 한데. 이걸 어쩌, 수현 오빠 몫이 하나도 안 남았다. 이럴 줄 알았으면 좀 더 넉넉하게 만들어 올 걸 그랬다. 이런 화창한 날에 나한테 이런 일이 생길 줄 알았냐고! 수현 오빠는 오늘 여기 오기나 하는 걸까? 무슨 다른 일이 생겨서 오늘 운동을 쉬는 건 아닐까?

때마침 이유 언니한테서 톡이 왔다.

– 나수현 왔어?

나는 냉큼 답을 했다.

– 그림자도 안 보여. ㅠㅠ
– 이상하다. 토요일엔 거기 꼭 간댔는데?
– 이상한 할머니만 내 껌딱지야.
– 이상한 할머니?

– 완전 이상해. 보자마자 나더러 데이트하재.

– 푸하하!

– 내 미모에 첫눈에 반했나 봐. ㅋㅋ

– 할아버지도 아니고 할머니가? 그래서 지금 그 이상한 할머니랑 데이트 중?

– 헐!

그러니까, 나 지금 이 할머니랑 데이트 중인 거였어? 같이 배드민턴도 치고, 샌드위치도 나눠 먹고? 맙소사.

– 왜? 나수현 등장이야?

"더 줘."

나수현은커녕 할머니의 왕성한 식욕 등장이시다. 끙.

"없어요. 할머니가 다 드셨잖아요."

"더 줘. 배고파."

"할머니, 그렇게 드시고도 배고프단 말이 나오세요? 할머니 땜에 저는 한 입밖에 못 먹었단 말예요. 주스도 한 모금밖에 못 마셨고요."

"샌드위치 먹자. 주스 먹자."

"아휴, 할머니. 자꾸 그렇게 고집부려 봤자 소용없어요. 이미 다 먹고 없는 걸 어떡하라고요. 여기 이 물이나 더 드시던가요, 그럼."

투덜대며 생수병을 할머니에게 내밀었다. 할머니는 물도 꿀꺽꿀꺽 단숨에 반이나 마셨다. 뭐든 흡입하는 코끼리 할머니다.

– 응답하라 공나래!

아차차. 이유 언니를 깜박했네.

– 공나래 여기 있다 오버.
– 왔어?
– 아니. 언니가 수현 오빠한테 톡 한번 해 봐.
– 정확한 위치 추적을 부탁한다? 오케이. 기다려 봐.

이유 언니가 수현 오빠한테 아무런 관심이 없다는 게 참말이지 다행스럽다. 근데 이유 언니는 우리 남매처럼 우월한 외모도 아니면서 왜 그러는 거지? 설마 우리 모르게 숨겨 둔 남자 친구라도 있는 건 아니겠지? 아무래도 날 잡아서 조사를 좀 해 봐야겠다.

"데이트하자."

아이코. 이 할머니 또 시작되셨다.

"할머니, 우리 지금 열렬히 데이트하고 있거든요?"

할머니가 아까처럼 방그레 웃었다. 나도 아까처럼 배시시 웃었다. 좋아서는 아니다. 그저 웃는 수밖에 없어서 웃는 거다.

"배드민턴 치자."

"이따가요. 잔뜩 먹고 금세 운동하면 배 아파요."

"배고파?"

"아니, 배 아파진다고요."

"샌드위치 먹자."

"할머니!"

이건 뭐, 도돌이표가 따로 없다. 이 할머니, 정말 강적이다. 후유.

수현

메시지 왔다고 핸드폰이 아주 난리다. 하필이면 이런 순간에. 나는 식탁 아래로 손을 내려 날아든 톡을 확인했다.

– 나수현. 지금 어디?

보낸 사람은 서이유다. 얘가 왜 이러지? 주말에 어디서 뭘 하는지 서로 체크하는 사이도 아닌데. 답은 씹었다. 어차피 지금은 제꺽 답을 해 줄 만한 상황도 아니다. 엄마가 소집한 갑작스런 가족회의로 운동도 못 나갔다. 요즘 엄마의 주요 근심 테마는 할머니다.

"재현이 내년이면 고3이에요."

엄마가 비장하게 말했다.

"그래서?"

이마에 굵은 주름을 그린 채로 아빠가 따지듯 물었다. 지금까지의 대화 맥락상 엄마가 왜 형 얘기를 꺼낸 건지 모르지 않을 텐데도. 그렇긴 하지, 정도로 대꾸하며 엄마 말을 조금은 수긍해 줘도 좋으련만. 나도 남자지만 우리 아빠를 비롯해서 남자들 공감 능력 떨어지는 건 하여튼 알아줘야 한다.

"몰라서 물어요? 그 중요한 시기에 애가 공부에 집중을 못할 거 아니에요."

"지금도 학교에서 살다시피 하는데, 왜 쓸데없는 걱정이야."

저렇다니까. 쓸데없는 걱정이라고 단정해 버리면 엄마가 뭐가 되냐고. 솔직히 쓸데없는 걱정이라고 할 수만은 없다.

"당신은 몰라요. 지금도 애들이 얼마나 마음을 쓰고 있는지."

엄마 말이 맞다. 총기 넘치던 할머니가 날마다 조금씩 아기가 되어 가는 모습에 적잖이 충격도 받았으니까. 아빠가 나를 쳐다보았다. 정말 그러냐고 묻는 듯 보였다. 나는 어깨만 으쓱했다. 거짓말에는 자신이 없다. 형은 하얀 거짓말을 잘해야 사는 게 편안하다고, 특히 어른들에게는 더 그래야 한다고 매번 나를 가르치려 들지만.

– 똥 누고 있는 거 아니면 대답 좀 하지?

또 서이유다. 나는 귀찮아서 심드렁하게 답을 했다.

– 똥 눈다.
– 진짜? ㅋㅋ

"그럼 저녁에 재현이 들어오면 투표로 결정하지."

아빠가 선언했다. 그놈의 투표 타령은 아빠 특기다. 달랑 넷이서 투표를 해 봐야 2 대 2, 동률일 때가 대부분인데도 말이다. 현재 우리 집에 와 계시니 할머니에게도 투표권을 드려야 마땅하겠지만, 이번 안건은 좀 그렇다. 할머니가 의사 결정을 제대로 할 수 없어서는 아니고, 할머니 본인에 관한 문제라서 그렇다.

엄마가 나를 쳐다봤다. 저 눈빛은 분명 무언의 압력이다. 엄마 편에 서 달라는. 엄마는 아마 형에게도 저런 눈빛을 쏘아 댈 것이다. 엄마 마음을 모르는 것은 아니다. 형이 이제부터 중요한 시기라는 엄마 생각도 이해한다.

하지만 이번만큼은 엄마 편을 들어줄 수가 없다. 할머니를 우리 집에서 모시고 싶어 하는 아빠 마음이 더 강하게 와 닿기 때문이다. 내가 아빠였어도 지금의 아빠처럼 할 것 같으니까. 이런 내 마음을 엄마에게 고스란히 말하면 엄마도 한 걸음 물러설까? 먼 훗날에 엄마가 지금의 할머니처럼 되어도 나는 엄마랑 같이 살 거라고 말하면, 그러면 엄마도 아빠 심정을 헤아려 줄까?

– 똥 다 눴으면 푸른 공원에 좀 나와 줄래?

또다시 서이유다. 오늘따라 정말 왜 이리 성가시게 구는 거지? 혹시 애가 날 좋아하나? 내가 토요일마다 운동하러 나가는 푸른 공원은 우리 아파트 단지에서 길만 하나 건너면 된다. 그러니까 지금 애가 우리 집 근처까지 와 있다는 뜻? 왜?

- 푸른 공원엔 왜?
- 내 동생이 지금 거기 있는데, 네가 가서 좀 도와줘.

반항 작렬이라는 쌍둥이 남동생이 공원에서 애들하고 시비라도 붙었나? 근데 왜 나를 부르는 거야. 난 몸싸움에는 취미도 소질도 없는데. 운동이야 좋아하지만. 운동이랑 싸움이랑은 질적으로 다른 거다. 운동을 즐긴다고 싸움도 잘할 거란 생각은 편견. 그렇지만 도와 달라는 요청을 거절하는 것도 폼 안 나는 일.

- 중2병 상태를 못 벗어났다는 남동생?
- 아니, 내 사촌 동생. 예쁨 돋는 여동생이야.

낚기는. 그런다고 내가 넙죽 물까 봐? 뭐, 호기심이 안 생기는 건 아니지만.

– 아까부터 이상한 할머니가 옆에 딱 붙어서 안 놔준대.

이상한 할머니? 무심히 되물으려다 가슴이 철렁 내려앉았다. 그러고 보니 지금껏 할머니가 조용하다. 방에서 주무시는 줄만 알았는데, 혹시 아니라면?

나는 슬그머니 일어나 할머니 방으로 갔다. 불길한 예상이 맞았다. 방은 비어 있었다. 도대체 언제 나가신 거지? 기척도 없이, 게다가 우리 모르게. 소리쳐 엄마 아빠를 부르려다가 얼른 서이유한테 톡을 했다.

– 지금 출발.

엄마 아빠는 여전히 목소리 낮춰 설전 중이다. 할머니가 아무도 모르게 혼자서 공원까지 나가신 걸 알면 엄마는 기겁해서 더더욱 아빠를 몰아붙일 거다. 아빠도 심히 당황할 테고. 일단 내 선에서 해결을 해 봐야겠다. 그 이상한 할머니가 우리 할머니가 맞다면. 아니, 맞을 거란 확신이 들었다.

“잠깐 나갔다 올게요.”

서둘러 나서며 엄마 아빠가 있는 주방 쪽을 향해 말했다.

"점심때 다 됐는데 밥 안 먹고 어딜 나가?"

등 뒤로 엄마 잔소리가 따라붙었다.

"금방 와요."

집을 나오자마자 뛰었다. 서이유의 톡이 끼어들었다.

– 목적지는 배드민턴 코트. 예쁜 내 동생 이름은 공나래.

눈앞에 보이는 푸른 공원까지 한달음에 달려 배드민턴 코트 앞에 이르렀다. 숨이 턱에 차올랐다. 가쁜 숨을 내쉬며 건너다보니, 나무 그늘 아래 벤치에 나란히 앉아 있는 두 사람이 보였다. 여자애 하나, 그리고 우리 할머니!

휴. 맘이 놓였다.

나는 숨을 좀 더 고른 다음 벤치 쪽으로 다가갔다. 가까이에서 본 여자애는 서이유가 말한 대로 제법 예쁘장하게 생겼다. 친동생이 아니어서 그런지 서이유랑은 전혀 다르다. 할머니한테 무어라 얘기를 하면서 방글방글 웃어 대는 얼굴이 퍽 귀여웠다.

"공나래."

이 순간 어째서 할머니를 먼저 부르지 않았는지 모르겠다.

군이 핑계를 찾자면, 할머니, 하고 불러도 할머니가 나를 단박에 못 알아볼 확률이 90퍼센트라는 거.

"어!"

나래라는 여자애가 감탄사처럼 내던지고는 스프링 튀어 오르듯 일어섰다. 안 그래도 웃음이 머물러 있던 얼굴이 더 환해졌다. 오래 기다리던 사람이라도 만난 것 같다.

"안녕하세요, 수현 오빠."

꾸벅, 배꼽 인사를 시작으로 나래가 신나게 자기소개를 늘어놓았다.

"저는 1학년 공나래예요. 이유 언니는 우리 이모 딸, 그러니까 이종사촌이고요."

분홍 티셔츠에 하얀 미니스커트가 상큼했다. 그 아래 하얗게 드러난 긴 다리도. 다리부터 눈이 갔다는 것이 겸연쩍어 나는 얼른 눈길을 돌렸다. 내 짐작대로 할머니는 낯선 사람인 양 나를 보고 있었다.

할머니, 하고 다정하게 불러야 하는데. 말도 없이 왜 여기까지 혼자 나오셨어요? 그래야 하는데. 걱정했잖아요, 하며 곁으로 가 팔짱을 끼고 손이라도 꼭 잡아 드려야 하는 건데. 이리로 올 땐 그런 맘으로 가득했었는데. 어쩐 일인지 입도 몸도 꽁 묶였다. 할머니 옆에 있는 저 애, 나래 때문이다. 저렇게 환하고도 반가운 웃음을 지으며 나를 바라보고 있는 저 여자애 때문이다. 저 애한테 우리 할머니에 대해 말하는 일이 어쩐지 부끄럽다.

가장 가까운 사람들을 정확하게 구별하지 못하게 되는 일. 그래서 그간 함께 나누었던 좋은 기억들을 깡그리 놓치게 되는 일. 현재 할머니에게 일어나는 제일 슬프고 안타까운 일이 그런 점이라고 여겨 왔는데…… 아닐 수도 있겠다. 더 슬프고 안타깝고 쓸쓸하기까지 한 일은 다른 사람들 앞에서 할머니를 우리 할머니라고 당당히 말하지 못하게 된 마음. 왠지 부끄럽고 왠지 망설여지고 왠지 감추고 싶어지는 마음. 그런 마음들에 사로잡혀 있는 나, 지금의 내 모습이 아닐까.

"아. 이 할머니가 누구냐 하면요. 음, 개교기념일 선물이랄까요?"

나래가 천연덕스럽게 갖다 붙였다. 아마 할머니에게 꽂혀 있는 내 눈길을 의식해서였으리라. 생일 선물도 아니고 개교기념일 선물은 또 뭐냐. 그렇지만 '선물'이라니 다행이다. 어떤 선물이건 선물은 마음을 다정하고 포근하게 만들어 주는 거니까. 선물 앞에서 화를 내거나 얼굴을 찌푸리는 사람은 없으니까.

"이상한 할머니라고 흉볼 땐 언제고."

나지막하게 내뱉었는데, 들었나 보다. 할머니가 아니고 나래가. 두 손을 납작 포개어 입에 가져다 대고선 나래가 눈을 동그랗게 떴다. 어쩔 줄 모르며 난처해 하는 표정도 귀엽다.

나는 할머니 옆으로 가 앉았다. 할머니가 나를 보며 방그레 웃었다. 이제 알아보시는 건가 했더니 대뜸,

"데이트하자."

아휴. 할머니, 저 수현이예요. 할머니가 그렇게나 예뻐하시던 막내 손자 수현이라고요.

말들이 입안에서만 맴돌았다. 나래만 아니면 얼른 할머니를 모시고 집에 들어갈 텐데. 이상한 할머니가 안 놔준다고 도와 달라 했다더니, 나래 저 앤 왜 갈 생각을 안 하는 걸까?

"아이 참, 할머니. 지금껏 저랑 데이트 실컷 해 놓고, 다른 사람한테 또 데이트 신청이라니. 그새 마음이 변하신 거예요? 그러기 있어요?"

종알종알 투덜대는 나래 때문에 웃음이 나오려는 걸 가까스로 참았다. 할머니를 모른 척한 채 나래에게 웃음을 짓는다는 게 어쩐지 가증스럽게 느껴졌다. 나는 부러 퉁명스레 물었다.

"안 가?"

"네?"

"집에 안 가느냐고."

"집에요? 아. 가야죠. 그런데 이 할머니 때문에요."

"할머니는 내가 맡을 테니까, 너는 가. 가도 돼."

"왜요?"

물음과 더불어 나래가 아까 그랬듯이 다시금 두 눈을 동그랗게 떴다.

"왜라니?"

"이 할머니를 왜 수현 오빠가 맡느냐고요."

"그야 우리 할머니……."

딸꾹질이라도 하듯 말이 도중에 꾹 멈추었다. 하마터면, 우리 할머니니까 그렇지, 라고 말할 뻔했다. 여태 모른 척 가만있다가 이제 와서 우리 할머니라고 밝히면 나래가 어떻게 생각할까. 내가 얼마나 한심해 보일까.

"우리, 할머니?"

나래가 고개를 갸웃하며 저 혼자 내 말을 되새겼다. 나는 황급히 변명, 아니 거짓말을 했다.

"우리 할머니랑 무지 닮아서. 그래서 그래."

"아아, 그래서 그러는구나."

나래가 잘 알겠다는 듯 끄덕끄덕했다. 조금쯤 감동한 것도 같은 얼굴이었다. 점점 꼬여만 가는 것 같아 갑갑하고, 무엇보다도 할머니에게 미안했다. 정말 내 진심은 이런 게 아니었는데.

"수현 오빠 진짜 멋있는 것 같아요."

나래가 눈을 초롱초롱 반짝이며 말했다. 다른 때 들었으면 기분 완전 좋았을 텐데, 지금은 초조한 마음이 더 앞섰다. 지금쯤 점심상을 차리고 난 엄마는 할머니가 안 계신 걸 발견했을 테고, 집이 발칵 뒤집혔을지도 모른다. 집에 전화부터 해 놓아야 하나 어쩌나. 그러자면 할머니의 몰래 외출을 얘기해야 하는데, 그 후폭풍은 또 어쩌나.

"가만. 이름이랑 집 주소랑 전화번호랑 적어 넣은 목걸이 같은 게 있을 텐데."

중얼거리더니 나래가 할머니 원피스 앞섶을 살피며 물었다.

"할머니. 할머니는 목걸이 없어요?"

당연히 있다. 얼마 전에 아빠가 만들어 와서는 할머니 목에다 걸어 드렸다. 그때는 강아지도 아니고 사람한테 그런 걸 걸어 주어야 한다는 게 속상했는데, 이렇게 되고 보니 꼭 필요한 물건이긴 한 것 같다. 나는 곁눈질로 할머니 목덜미를 넘겨다보았다. 목걸이의 가느다란 체인이 얼핏 보였다.

겉옷 밖으로 안 내놓고 안쪽에 들어 있나 보다.

"응? 이게 무슨 냄새지?"

목걸이를 찾아 할머니 옷깃을 들추던 나래가 콧잔등을 찌푸렸다. 나한테도 그 냄새가 났다. 할머니한테서 나는 냄새다. 안 봐도 알겠다. 이건 큰 거다.

"어떡해. 할머니 똥 쌌나 봐."

공나래 얘는 도무지 깊은 생각이란 게 없는 앤가 보다. 아니면 생각이랑 말이 폭죽처럼 동시에 터지든지. 그래도 얄밉지는 않지만.

"샌드위치 먹자."

그 와중에도 할머니가 아이처럼 천진하게 말했다. 나래가 고운 울상을 지었다. 그나마 다행인 건 할머니가 성인용 기저귀를 차고 있다는 거. 어쨌든 이대로는 곤란하니까 한시라도 빨리 집에 가야 한다. 이젠 결심을 해야 할 때다.

"일어나세요, 할머니."

나는 할머니 팔을 잡고 일으켜 세웠다. 엉거주춤 일어서는 할머니의 다른 팔을 나래가 부축하듯 붙들었다.

"배드민턴 치자."

찝찝하지도 않은지 할머니는 방그레 웃으며 아이처럼 또 졸랐다. 나는 할머니를 달랬다.

"내일 쳐요, 할머니. 내일 저랑 배드민턴 쳐요."

"할머니. 내일 저도요. 저도 내일 배드민턴 칠게요."

말은 상냥하게 건네면서도 나래 콧잔등엔 여전히 잔금이 죽죽 그어져 있었다. 아무렇지 않은 척하는 것보다는 그래도 솔직하게 드러내는 표정이 더 나았다. 질색하며 멀찍이 피하지 않아 주어 고맙기도 했다. 그리고 여태 할머니 곁에 있어 준 것도.

나를 따라 할머니가 몇 걸음 움직이니까 냄새가 더 지독하게 퍼졌다.

"넌 그만 가."

"나도 같이 갈래요."

"그만 가래도."

"같이 간다니까요?"

"어딜 같이 간다는 거야?"

"어디긴 어디예요. 경찰서지."

"뭐? 경찰서?"

놀란 나를 보며 나래가 어리둥절한 얼굴이 되었다. 어쩔 수 없다, 정말. 이제는 말할 수밖에. 그래, 더는 지질하게 굴지 말자. 비겁해지지도 말자. 남자답게. 진짜 멋있는 나수현답게.

"우리 할머니야."

나래가 동그래진 눈을 깜박였다.

"이분, 우리 할머니라고."

"진짜요?"

"그래."

"이 할머니가 진짜 수현 오빠네 할머니예요?"

"그렇다니까. 그러니까 넌 집에 가. 경찰서 같은 덴 절대 안 가. 우리 집으로 갈 거야. 우리 할머니니까. 내 할머니니까."

갑자기 나래가 푸흣 웃음을 터뜨렸다.

"왜?"

"내 할머니니까. 그러니까 무슨 노래 제목 같잖아요."

나도 풋 웃음이 나 버렸다. 냄새는 여전히 지독한데, 와르르 말들을 쏟아 내 놓고서 얼굴이 홧홧한데, 그럼에도 웃음이 난다는 게 웃기고도 신기했다. 나래 덕분이다. 아마도.

"고맙다."

"뭐가요?"

"오늘, 우리 할머니랑 데이트해 줘서."

나래가 후후 고소한 소리를 내며 웃었다. 웃다가 문득 나래가 중얼거렸다.

"그럼 내일은 수현 오빠가 나랑 데이트해 주면 되겠네."

나래의 두 뺨이 살짝 붉어져 있었다. 뜻밖의 고백이라도 받은 것처럼 나는 잠시 멍했다. 뭐라 대꾸도 못 하고서 나는 할머니를 이끌고 돌아섰다.

"할머니! 안녕히 가세요!"

뒤에서 나래 목소리가 발랄하게 울렸다.

할머니 팔을 끼고 얼마쯤 걸어가다 뒤를 돌아보았다. 나래가 벤치 앞에 그대로 서 있었다. 우리를 향해 손도 팔랑팔랑 흔들어 보였다. 고소한 웃음소리가 아직도 들리는 듯했다. 나래를 바라보며 나는 나직하게 중얼거렸다.

"그래, 데이트하자."

"그래, 데이트하자."

할머니가 똑같이 대답했다. 나래더러 한 말인데, 쳇.

저만큼 먼 나래가 고개를 옆으로 돌리고는 두 손을 작은 부채처럼 열어 귓가에 가져다 댔다. 중얼거리는 내 입을 보았나 보다. 시력 짱이다.

나는 용기를 내어 크게 소리쳤다.

"데이트하자!"

나래가 제자리에서 폴짝폴짝 뛰었다. 두 손을 머리 위로 올려 하트도 만들어 보였다. 대답도 저렇게 확실히 해 주는 걸 보니, 내 말 똑똑히 들었나 보다. 공나래, 청력도 짱이다.

삐딱이를 만났어

시작부터 막막했다.

20년 후의 나에게? 서른여섯 서이유에게? 미래를 살고 있을 이유에게?

어느 것도 마땅치 않았다. 스물여섯이라면 모를까. 서른여섯 살이나 된 나를 구체적으로 그릴 수 없어서 더 그랬다.

지금부터 20년이 지난 뒤 세상이 어떻게 바뀌었을지도 잘 모르겠는데, 그곳에서 살아가고 있을 나를 상상한다는 건 더욱 막연한 일. 결혼은 했을까? 직업은 뭘까? 결혼을 안 했을 수도 있고 취직을 못 했을지도 모른다. 으으, 암담해. 차라리 30년 뒤면 엄마를 모델 삼아 내 모습을 상상해 볼 수 있을 텐데.

타임캡슐에 넣을 물건으로 '미래의 나에게 쓰는 편지'를 제안한 것은 수현이였다. 오글거려서 싫다며 반 아이들 모두 난리를 피워 댔지만, 담임 선생님은 반갑게 찬성했다. 뭐라고 썼는지 일일이 검사를 하거나 정해진 분량이 있는 게 아니니까 자유롭고 편안하게 쓰라고도 했다. 난 골치 아픈 숙제 하나 받아 든 기분이었다. 지금 나한테 가장 의미 있는 소지품 한 가지 내는 정도면 부담 없을 것 같았다.

미래로 보내는 편지는 다음 주 월요일까지. 하루하루 미루다 보니 어느새 금요일. 주말을 즐겁게 누리려면 오늘 밤엔 편지를 써 놓고 자야 한다. 그러니 호칭 따위에 얽매이지 말고 일단 시작해 보자.

미래의 나에게.

수현이가 제안한 그대로 첫 줄을 썼다.

"이유야! 서이유!"

문밖에서 나를 애타게 부르는 엄마 목소리가 들려왔다. 또 드라마를 같이 보자는 거겠지. 엄마는 왜 드라마를 혼자 못 보는 걸까? 엄마한테는 배우들 연기며 의상이며 스토리 진행을 하나하나 껌처럼 씹어 가며 보는 취미가 있다. 엄마의 취미 생활에 동참하는 게 재미있을 때도 많지만 좀 성가실 때도 있다.

"나 지금 바빠!"

열렬히 부를 땐 언제고 대꾸가 없으니까 밖이 궁금해진다. 나는 펜을 편지지 위에 내려놓고 일어났다. 방문을 열자마자 엄마가 말했다.

"밀이가 없어졌어."

이 시간, 내 쌍둥이 동생 서해밀이 어슬렁거릴 예상 경로는 기껏해야 아파트 단지 안 산책로나 도로 건너편 체육공원. 밀이한테 저녁마다 바깥으로 나도는 버릇이 생긴 건 작년 봄부터다. 꽉 막힌 공간이 답답하다나 뭐라나. 밀이가 유치원생 꼬맹이도 아니고, 열여섯 남자애인 데다 덩치와 키로 나를 앞지른 지도 한참. 새삼스레 심각한 표정을 짓고 있는 엄마가 의아했다.

"또, 잠깐 나갔겠지."

내가 '또'를 강조한 건 엄마도 알다시피 매일같이 벌어지는 상황이므로 대수로울 일도 아니라는 뜻이었다. 엄마는 '잠깐'을 걸고넘어졌다.

"잠깐이 아냐. 편지까지 남겼다니까?"

"편지?"

나는 눈을 둥그렇게 떴다. 밀이네 반에서도 타임캡슐에 편지를 넣자고 주장한 녀석이 있었나? 엄마가 내 눈앞에 편지 봉투를 들이밀었다.

"어쩐 일로 진득하니 앉아 공부하나 싶었지. 기특해서 과일 갖다 주러 들어갔더니, 책상 위에 이것만 덩그러니."

"밀이만 과일 갖다 주고."

"너는 코앞에 안 갖다 바쳐도 알아서 잘 꺼내 먹잖아."

그건 그렇다. 나는 괜한 트집을 접고, 편지 봉투 안에 든 편지를 꺼냈다.

"엥?"

편지지는 그저 하얗기만 했다. 맨 아래 줄에다 서명하듯 써 둔 이름, 해밀. 꾸물꾸물 지렁이가 기어가는 게 밀이 글씨가 틀림없다.

"이게 뭐야."

편지랍시고 구구절절 씌어 있었으면 녀석의 마음을 헤아려 볼 수나 있을 텐데. 아무것도 없으니 미래의 나에게 써야 할 편지만큼이나 막막했다. 어쩌자는 거야, 도대체.

"백지 편지라니. 기가 막혀서."

엄마 마음이 꼭 내 마음인가 보다. 나는 엄마를 다독이려고 둘러댔다.

"이건 숙제야, 엄마."

"숙제라니?"

"집 나가면서 남기는 편지가 아니고, 타임캡슐에 넣을 편지라고. 우리 학교 축제 때 학교 뒷산에 타임캡슐을 묻기로 했거든. 그 타임캡슐에다 20년 뒤의 나에게 쓴 편지를 넣기로 했단 말이야. 밀이 녀석 아마 미래의 자기한테 편지 쓰기 귀찮아서 이대로 둔 걸 거야."

타임캡슐에 넣을 편지는 우리 반만 쓰는 거였지만 엄마한테는 내색하지 않았다. 그나저나 이게 정말 밀이가 엄마한테 남기는 무언의 편지라면? 하고 싶은 말들이 너무 많아서 차마 한 줄도 못 쓰고 비워 둔 거라면? 밀이가 진짜 집을 나가기라도 한 거라면? 연이어 들이닥치는 걱정도 감추었다.

"금방 들어오겠지?"

"그럼, 그럼. 걱정 말고 가서 드라마나 보셔."

나는 편지지를 고이 접어 편지 봉투에 넣어서는 엄마에게 돌려주었다.

"타임캡슐 그거, 20년 후에 학교에 모여서 개봉하는 거야?"

"그렇겠지."

"재밌겠다."

엄마는 타임캡슐에 대해 나랑 더 얘기하고 싶은 모양이었다. 엄마가 그려 본 20년 뒤 내 모습에 대해서라든지, 엄마라면 타임캡슐에 뭘 넣고 싶은지 등등, 다른 날 같으면 같이 수

다를 떨었을 텐데 지금은 걱정이 몰려와 마음이 급했다.

"엄마, 나도 편지 써야 돼. 다른 숙제도 잔뜩 있고."

핑계를 대고는 방문을 닫았다. 잠시 후 문을 한 뼘만 열고 거실 정황을 살폈다. 엄마는 소파에 앉아 티브이를 보고 있었다. 엄마 몰래 살금살금 해밀의 방으로 들어갔다. 어수선하기 짝이 없던 방 안이 여느 때와는 달리 깔끔했다. 심상치가 않다.

나는 탐정처럼 여기저기를 꼼꼼히 훑었다. 밀이가 늘 메고 다니던 백팩이 안 보였다. 잠깐의 어슬렁거림에 가방을 데리고 다니진 않는데. 말썽쟁이 아들을 둔 엄마가 된 심정으로 책상 서랍을 뒤지다가 동그란 스티커 하나를 발견했다.

포텐

스티커에 적힌 그 두 글자 아래에는 조그맣게 '이동형 청소년 쉼터'라고 씌어 있었다. 가슴이 뛰었다. 이런 걸 갖고 있다는 건 실제로 가출했을 때를 대비해서? 해밀에게 전화부터 걸었다. 음성 안내로 넘어갈 때까지 받지 않았다. 지금 어디 있느냐고 문자를 보냈지만 답도 오지 않았다. 전화는 잘 안 받아도 문자에는 퉁명스럽게나마 답을 해 주는 편인데. 설마, 서해밀이 진짜로 가출을? 엄마가 이 사실을 알면 곧장 세종에 있는 아빠한테 전화부터 걸 테고, 아빠는 무지막지한 속도로 고속도로를 달려올 터. 그런 위험천만한 사태가 발생하기 전에 내 선에서 해결해야 한다!

우선 인터넷 검색창에 '포텐'과 '이동형 청소년 쉼터'를 두드려 넣었다. 요일별 포텐의 위치를 파악한 다음 나갈 채비를 서둘렀다. 엄마한테는 옆 동에 사는 친구네서 숙제를 같이하겠다고 둘러댔다. 종종 있던 일이라 엄마가 의심 없이 끄덕였다.

"늦게까지 있지는 말고."

엄마의 당부를 뒤로하고 집을 나서자, 거센 저녁 바람이 머리칼을 마구 헝클어뜨렸다. 바람 속에 서서 해밀에게 자못 비장한 문자를 날렸다.

– 기다려, 서해밀. 누나가 간다!

사람들로 왁자한 거리 끝자락에 나란히 늘어선 천막 세 개. 그 곁의 버스 한 대. 빨간 버스에 생동감 넘치도록 커다랗게 적힌 영문은 FORTEN. 제대로 찾아온 것 같다.

나는 멀찌감치 서서 천막 안을 두리번거렸다. 남녀 아이들이 여럿이지만, 밀이는 안 보였다. 조금 더 가까이 다가가서 살폈다. 두셋씩 모여 앉아 컵라면이나 빵, 김밥 등을 먹는 아이들 속에도 밀이는 없었다.

천막 안에 아이들만 있는 것은 아니었다. 넉넉한 몸집의 여자가 탁자 앞에 모여 앉은 아이들에게 조곤조곤 이야기를 하고 있었다. 듣고 있는 아이들의 자세는 대체로 두 가지였다. 진지하거나, 심드렁하거나. 세 군데 천막을 차례로 둘러본 나는 버스로 다가갔다. 열려 있는 문 앞에서 목을 죽 빼고 버스 안을 넘겨다보고 있을 때였다.

"몇 살?"

돌멩이처럼 날아든 물음에 주위를 휘둘러보았다. 내 주변엔 아무도 없었다. 천막 쪽에서도 내 쪽을 쳐다보는 사람은 없었다. 어리둥절해 있는데 휘이익, 싱그러운 휘파람 소리가 날아 내려왔다. 휘파람 소리를 따라 고개를 치켜들었다. 버스 지붕 위에 남자애가 걸터앉아 나를 빤히 내려다보고 있었다. 삐뚜름하게 눌러쓴 까만 스냅백 아래 얼굴이 내 또래다. 반말엔 반말로 받아 주는 게 원칙. 나도 작은 돌멩이 내던지듯 되물었다.

"나이는 왜?"

"초딩 같아서."

평균보다 한참 작은 내 키를 에둘러 들먹이고 있는 거다.

이럴 때 '나 초딩 아니거든!' 하고 발칵 화를 내면 지는 거다. 침착하게, 서이유답게.

"초딩이면 어쩔 건데?"

"잘 구슬려서 집에 보내야겠지."

"이런 데 나타나는 애가 구슬린다고 듣겠어?"

"이런 데, 나타나는?"

내 말을 찬찬히 되짚는 남자애 입꼬리에 슬쩍 웃음이 걸렸다. 불량기가 다분한 웃음을 보자 괜히 대꾸를 해 줬나 싶었다. 나한테 하는 태도로 보나 다른 데 다 두고 굳이 버스 위에 올라가 앉아 있는 걸로 보나, '이런 데'에 한두 번 '나타나는' 녀석은 아닌 것 같다. 그렇지만 뭐, 꿀릴 필요는 없다. 저 녀석이 어떤 녀석이건 간에 나만 중심 잘 잡으면 되니까. 그런 건 자신 있다.

"거긴 어떻게 올라갔어?"

"날아서."

"날개는 안 보이는데?"

"보이면 훔쳐 가려고?"

"뭐?"

"안 쓸 땐 떼서 고이 접어 놔. 탐내는 인간들이 워낙 많아서 말이지."

"하, 하."

솔직히 억지웃음만은 아니었다. 나는 재치 있는 남자애가 좋다. 저는 태연한 채로 남을 웃게 하는 애라면 더. 그렇지만 자기 유머 센스를 대놓고 뽐내는 애는 싫다. 자기가 잘났다는 걸 은근히 의식하는 남자애들은 못 봐 준다. 정말 잘났을지라도. 우리 반에서는 수현이 같은 애.

"왜 거기 올라가 있는데?"

"지정석이걸랑."

나는 풋 웃어 버렸다. 남자애가 말을 이었다.

"난 높은 데가 좋아. 탁 트인 데. 시야가 막히면 답답해."

답답증 걸린 애가 여기도 있었네. 나는 턱으로 버스 안을 가리키며 물었다.

"저 안에선 뭐 해?"

"치료 중일걸?"

"치료? 그럼 의사도 있어?"

"근데, 돌팔이야."

또 웃음이 났다.

"넌 여기 왜 나타났는데?"

"나는, 누굴 좀 찾으러 왔어."

또박또박 힘을 주어 대답했다. 내심, 나는 너희들이랑은 달라, 라는 말을 하고 싶었던 건지도 몰랐다.

"누구?"

"있어. 사춘기가 저한테만 찾아온 불치병인 줄 아는 녀석."

불치병 운운은 엄마가 이따금 과장되게 쓰는 표현이다. 이
또한 지나가리라, 그런 자세를 취하는 사람은 아빠. 호강에 겨
워 요강에 똥 싼다, 라는 다소 거칠고도 웃긴 속담을 들먹이는
건 이모다. 나로 말할 것 같으면, 이모 의견에 제일 가깝다. 호
강까지야 모르겠지만 우리 집 분위기는 비교적 자유로운 편이
니까. 권위적이지도 않지, 대체로 수용적이지. 결국은 저 생긴
대로 살게 마련이라며 무조건 공부만 강요하는 것도 아니지. 그
런데 밀이 그 녀석은 사사건건 뭐가 그리 불만인지 모르겠다.

"설마, 남친?"

저건 분명 놀림조다. 남자애 입가에는 좀 전의 그 불량스
러운 웃음까지 매달려 있었다. 나는 항의하듯 물었다.

"설마는 왜 붙이는데?"

남자애가 흐흐 웃었다. 그러고는 이내 덧붙였다.

"올라가 봐. 이마 깨진 놈 하나 들어갔으니까."

이마가 깨졌다고? 누구한테 맞아서? 혹시 그게 서해밀은
아니겠지?

나는 후다닥 버스로 올라섰다. 흰 가운 차림의 의사는 안

보이고, 형광 분홍색 비니를 눌러 쓴 남자가 앞에 앉은 남자애의 이마에 약을 바르는 중이었다. 버스 안을 기웃거리던 나랑 눈이 마주치자 남자애가 눈을 부라렸다. 냉큼 뒤돌아 버스에서 내려섰다. 버스 지붕 위에서 남자애 목소리가 날아 내려왔다.

"남친 상태는 어때?"

"아주 멀쩡해. 그리고 남친 아냐."

"다행이네."

"뭐가?"

멀쩡한 거? 남친 아닌 거? 둘 중 무엇이 다행이라는 얘긴지 묻는 거였는데, 남자애가 어깨만 으쓱했다.

"나 남친 찾으러 온 거 아니거든?"

"그럼 누구?"

"남동생."

"가출했어?"

"아직은. 그렇지만 앞으로 그럴 가능성 99퍼센트야."

"그걸 네가 어떻게 알아?"

"그야, 내 동생이니까 알지."

"그런 건 부모라도 몰라."

말투가 하도 단호해서, 맞아, 하고 끄덕일 뻔했다. 말려들면 안 돼, 다짐했다. 보아하니 쟤는 밤거리를 친구 삼아 떠도는 녀석, 나는 어중간한 성적만 빼고 나름 모범생. 타이르는 것도 한 수 가르치는 일도 내가 해야 마땅했다. 그런데 이런 생각을 하고 있는 내가 어쩐지 탐탁지 않다. 그래서 시비조로 내뱉어 버렸다.

"그런 거 뭐."

"가능성."

"아하."

가뿐히 받아쳤지만, 사실은 좀 뜻밖이었다. 가능성이라는 말. 내 말 속에선 몹시 부정적인 느낌이었는데, 저 녀석이 딱 한 마디로 짚으니까 전혀 다르게 들리는 거다. 기껏해야 100퍼센트에서 꽉 닫혀 있는 게 아니라 무한대를 향해 마음껏 뻗어 있는 느낌이랄까.

부모라도 모른다는 말 또한 상당히 일리가 있다. 가능성뿐만 아니라 다른 것들도 마찬가지. 부모라서 자식에 대해서라면 뭐든 잘 안다고 생각하기 쉽지만, 잘못 알고 있을 경우가 훨씬 더 많으니까. 나만 해도 그렇다. 엄마나 아빠가 무안할까봐, 또는 평화를 깨기 싫어서 그때마다 똑똑 바로잡지 않고 두루뭉술하니 넘어갈 때가 많다. 내 머릿속에서 발랄하게 뛰노는 생각들을 엄마나 아빠도 충분히 모를 때가 있단 얘기다.

아무튼, 밤거리를 배회하며 청소년 쉼터에 자칭 '지정석'이나 마련해 둔 아이라고 얕잡아 본 게 살짝 창피해진다. 나야말로 저 녀석 나이가 궁금하다.

"넌 몇 살인데?"

"내가 먼저 물었을 텐데."

"난 3학년이야."

"초등학교?"

이죽거리는 녀석을 쏘아보며 인상을 팍 썼다. 남자애가 또 흐흐 웃었다. 나는 내 나이를 똑똑히 말해 주었다.

"열여섯 살."

"난 열일곱인데."

"어. 그럼 고1이네……."

말끝에 '요'를 붙여야 하나 어쩌나. 지금껏 반말하다 갑자기 높이는 것도 어색해서 머뭇거리고 있는데, 남자애가 노래하듯 말했다.

"나는 무학년."

"무학년?"

무심코 되새기며 고개를 갸웃했다. 남자애가 빙긋 웃었다. 없을 무. 학년이 없다는 건 졸업했거나 학교를 아예 안 다니거나 둘 중 하나. 아직 졸업할 나이는 안 됐고. 그러면……퇴학?

"무학년이 뭐 자랑이야?"

"자랑이라곤 안 했어. 근데 너, 오빠한테 막 반말해도 되는 거야?"

정색하고 따지는 남자애를 향해 나도 지지 않고 맞받았다.

"갑자기 웬 오빠?"

"엄연히 한 살 많은데 이름으로 막 부르겠다는 거야?"

"참 나. 모르는 이름을 무슨 수로 막 불러?"

"강주."

"응?"

"내 이름."

"아하."

"너는?"

말해 줄까 말까. 두 개의 목소리가 양쪽 귓가에서 속살거렸다. 평소의 나, 나름 모범생 이유가 자신 있게 주장했다.

학교도 안 다니고 거리를 떠도는 남자애한테 이름은 왜 가르쳐 줘?

그러자 또 다른 이유가 반박했다.

다시 볼 것도 아닌데 이름 따위 말해 준다고 큰일 안 나. 그냥 말해 줘.

안 돼. 위험하다고!

경고하듯 외치는 나름 모범생에게 또 다른 이유가 팔짱을 딱 끼고는 사뭇 삐딱하게 대꾸했다.

위험은 무슨. 이름이 시한폭탄이라도 돼?

삐딱이가 이겼다. 내 이름을 말하려고 입을 달싹이는데, 이마에 반창고를 붙인 남자애가 버스에서 내려섰다. 강주가 재빨리 검지를 입에다 댔다.

"차강주!"

반창고가 소리를 질렀다. 바로 옆이어서 귀가 쩌렁할 지경이었다. 나도 모르게 딴청을 피웠다. 버스 주위를 두리번거리던 반창고가 문득 나를 쏘아보았다. 나는 찔끔했다. 험악한 표정으로 반창고가 물었다.

"여기 있던 애 못 봤어?"

나는 고개부터 저었다. 이어서 조심스레 대답했다.

"못 봤는데……요."

정수리에 꽂혀 있을 강주의 눈길이 의식됐지만 올려다보지 않으려 애썼다. 반창고와 강주 사이에 모종의 사건이 있었던 게 틀림없다. 만약 반창고 이마의 상처가 강주 짓이라면? 의혹이 비죽 돋아난 자리에 때맞춰 등장한 건 나름 모범생 서이유였다.

거봐, 내가 뭐랬어. 위험하다고 그랬잖아. 그러니까 친구한테 주먹이나 휘두르는 나쁜 애한테 이름 같은 거 말해 주면 안 된다고.

또박또박, 의기양양이시다. 물론 삐딱이 서이유도 가만히 있지만은 않았다.

무슨 소리! 친구인지 아닌지, 주먹을 휘둘렀는지 어쩌다 휘말렸는지, 어떻게 알아? 물어보지도 않았잖아. 잘 모르면서 함부로 의심하는 게 더 위험하고 더 나빠!

이번에도 삐딱이가 이긴 것 같다. 어떻게 된 일인지 듣고 나서 판단해도 늦지 않다는 생각이 드니까.

"차강주 너 보이기만 해 봐. 내 손에 죽었어!"

강주가 제 머리 위에 있는 줄도 모르고 반창고가 으박질렀다.

"아이쿠, 무서워라."

등 뒤에서 새로운 목소리가 끼어들었다. 내용과는 다르게 덤덤한 말투의 주인공은 버스 안에서 반창고를 치료해 주던 돌팔이, 아니, 분홍 비니를 쓴 남자였다. 정면에서 보니 많아야 스물 대여섯쯤으로 대학생이라고 해도 믿겠다. 반창고가 분홍 비니를 외면하며 뭐라고 웅얼거렸다.

"들리게 말해."

분홍 비니의 지적에 반창고가 부루퉁하게 치받았다.

"욕인데요?"

"솔직해서 좋네."

반창고가 머리를 쓰다듬는 분홍 비니의 손길을 신경질적으로 뿌리치며 홱 돌아섰다. 반창고의 등에다 대고 분홍 비니가 말했다.

"저기 들어가서 뭐 좀 먹고 가."

들은 척도 않고 천막과는 반대쪽으로 걸어가는 반창고에게 분홍 비니가 웃으며 목청을 높였다.

"또 보진 말자!"

반창고가 밤거리의 사람들 속으로 묻혔다. 분홍 비니가 나를 돌아보며 말했다.

"이제 네 차례."

나는 황급히 손사래를 쳤다.

"아니요. 저는 다친 데 없어요."

"아픈 데 없어? 하나도?"

하나도, 라는 조건이 붙으니까 얼른 대답하기 망설여졌다. 내 얼굴 앞으로 고개를 쑥 들이밀고 눈을 맞추며 분홍 비니가 재우쳐 물었다.

"고민거리 하나쯤은 있을 텐데?"

흠, 고민거리라. 아픈 데라면 몰라도 고민거리라면 '하나도' 없지는 않겠다. 나는 곰곰 따져 보았다.

수행 평가 때문에 새로 짠 모둠 애들이 나를 교묘히 따돌린다는 거? 어쩌면 내가 예민한 것일 수도 있다. 나만 빼고 모둠 짜기 전부터 함께 몰려다니던 아이들이었으니까. 어차피 넷 다 내 취향인 애들도 아니고, 조별 과제만 끝나면 머리 맞대고 모여 앉을 일도 없으니 패스.

요즘 입맛이 너무 좋아서 몸무게가 2킬로그램이나 불었다는 거? 그런데 먹는 즐거움을 어떻게 포기하나. 엄마가 해 준 말처럼 지금 붙은 살이 나중에 다 키로 간다는 희망도 포기 못 하겠다. 5센티, 아니 단 1센티미터라도. 입맛 당기는 대로 잘 먹어야 키가 조금이라도 더 클 테니까 이것도 패스.

밀이가 나한테 누나 대접을 안 해 준다는 거? 고 녀석이 언제는 안 그랬나. 그리고 대접해 주든 안 해 주든 내가 누나인 건 진리. 몇 분이나마 세상 구경 먼저 한 건 나니까. 언젠가 철들면 저도 후회하겠지. 철 안 들면 말고. 저만 손해지. 그러니까 이것 역시 패스.

엄마 관심이 밀이한테만 쏟아지는 경향이 있다는 거? 그건 뭐, 밀이에 비해 상대적으로 내가 반듯해 보이는 탓도 있다. 그래서 엄마 입장도 이해된다. 사실, 엄마가 시시콜콜 신경 쓰고 간섭하는 것보다 적당히 무관심한 편이 나한테는 더 이득!

하나하나 따져 볼수록 거창하게 고민거리라고 이름 붙이

기에는 일시적이고 하찮은 것투성이다.

"현재로선 딱히 없는 것 같아요."

"그래? 이런 바람직한 청소년을 보았나."

고민이 없으면 바람직한 거예요? 삐딱하게 물으려다 말았다. 분홍 비니의 표정이나 말투로 보건대 반어법 같아서다.

"그럼 나중에 생기거든 와. 마음도 치료해 주니까."

"마음 치료라면, 상담 같은 거예요?"

분홍 비니가 끄덕이고는 눈을 찡긋하며 덧붙였다.

"비밀은 절대 보장."

"돌팔이 말 믿지 마."

툭 던지는 건 잠시 잊고 있었던 강주다. 분홍 비니가 고개를 치켜들었다. 나도 그제야 버스 위의 강주를 올려다보았다. 강주가 우리를 내려다보며 싱글싱글 웃고 있었다. 새까만 밤하늘이 배경이어서 그럴까. 웃음이 꼭 별빛 같았다.

앗, 잠깐만. 저 녀석 웃음을 밤하늘에 반짝이는 별빛과 견주다니. 이런 느낌, 뭐지? 바야흐로 이 순간부터 서이유한테 참된 고민거리 하나가 생겨나려는 거?

내 머릿속 커튼을 걷고 무대로 올라온 삐딱이가 참견했다.

바보. 그런 건 고민거리라고 부르는 게 아니지.

그럼 뭔데? 묻기도 전에 삐딱이가 경쾌하게 선언했다.

첫사랑!

삐딱이 말이 끝나기 무섭게 나름 모범생이 등장해 주셨다.

말도 안 되는 소리. 고민거리야. 그것도 아주 곤란한. 그러니까 애당초 저런 애랑은 엮이면 안 돼.

이런 답답이!

삐딱이가 코웃음 쳤다. 나름 모범생도 꽤 강하게 되받았다.

누구더러 답답이래? 이래 봬도 난 모범생이라고!

나름, 모범생님이시지.

'나름'을 강조하는 삐딱이에게 웃어 줄 수밖에 없었다. 남들 눈에 그럭저럭 모범생 같아 보인다는 뜻이지, 글자 그대로 완벽한 모범생이고 싶은 생각 따위 없으니까. 이쯤에서 다시금 삐딱이 승!

강주와 분홍 비니 사이에서도 설전이 오르락내리락하는 중이었다.

"돌팔이한테 한 방 제대로 맞아 볼래?"

"돌팔이 주제에 연약한 청소년한테 협박이나 일삼다니. 확신고해 버릴까 보다."

"연약? 연약이 어디 가서 얼어 죽었나. 그리고 내가 말한 한 방은 주먹이 아니라 주사거든?"

"오. 잽싸게 둘러대 주시는 센스."

"목 아프다. 똥폼 그만 잡고 지상 세계로 내려오시지."

강주가 두 다리를 뻗어 버스 창턱에 내디뎠다. 강주 몸이 위태롭게 흔들렸다. 나는 눈을 질끈 감았다. 눈을 떴을 땐 강주가 안전히 땅으로 착지한 뒤였다.

"이를 어째. 멋있어 보이려고 앞 돌기까지 했는데, 얘가 눈을 꼭 감아 버렸으니."

분홍 비니가 빙글대며 놀렸다.

"알았으면 그만 퇴장해 주시죠, 돌팔이 형님."

강주 대꾸를 듣자 설렘을 닮은 의문이 돋아났다. 멋있어 보이려고? 나한테? 아무래도 또 삐딱이 손을 들어 주게 생겼다. 밀이 찾으러 와서 내가 이러고 있을 때가 아닌데. 서해밀 요 녀석은 정말 어딜 간 거야?

"그럼 돌팔이는 이만."

누구에게랄 것도 없이 인사를 던지고선 분홍 비니가 버스 안으로 들어갔다.

강주가 나를 내려다봤다. 두근거리려고 했다. 높다란 키 때문이다. 나는 괜히 버스 쪽으로 비켜섰다. 강주도 내 옆에 나처럼 기대어 섰다. 강주가 먼저 말했다.

"안 물어봐?"

"뭘?"

"궁금해 죽겠잖아."

"그러니까 뭐가?"

"아까 그 자식. 깨진 이마."

궁금해 죽을 만큼은 아니지만 알고는 싶다. 주먹질이나 하고 다니는 애를 첫사랑의 자리에 두고 싶지는 않으니까. 아, 물론 여기서 '첫사랑'이라는 건 삐딱이의 표현에서 가져왔다. 어디까지나, 가능성.

"어떻게 된 건데?"

"정당방위야."

"에?"

"그 자식이 먼저 덤벼들었어. 난 그저 잘 피하는 순발력을 발휘했을 뿐이고. 시시한 새끼. 벽에다 이마를 찧고선 내 탓을 하잖아."

"알겠어. 그 정도면 자격 충분해."

"무슨 자격?"

"첫……."

나는 삐딱이 입을 꽉 틀어막았다. 두 손을 겹쳐 막은 입속에서 제멋대로 말하려는 삐딱이가 꼼틀거렸다.

"첫? 첫 뭐?"

난감했다. 입에서 손을 떼면 삐딱이 녀석이 튀어나올 테니까. 나는 얼른 나름 모범생을 호출했다.

"아무것도 아냐."

나름 모범생이 새침하게 대답했다.

"그러니까 뭐가 아닌데?"

"뭐든. 아니라고. 아니라는데 뭘 자꾸 캐물……."

"자퇴했어."

"뭐라고?"

"학교, 그만뒀다고."

퇴학을 짐작했던 때보다 훨씬 놀라웠다. 당연히 퇴학당했으리라 생각했던 거다. 그렇지만 화들짝 놀라는 건 촌스러워 보일 것 같아 그냥 물었다.

"왜?"

"좀비처럼 살기 싫어서."

"학교 다니면 좀비야?"

"똑같이, 똑같이. 앞으로, 앞으로. 우르르, 우르르. 내 눈엔 다들 좀비 같아."

그럴듯하다. 한 걸음만 다른 방향으로 내디뎌도 손가락질을 하는 세상이니까. 조금이라도 남과 다른 걸 인정하지 않는 사람들. 다름을 비정상이나 별종으로 결론짓는 눈빛들. 어른들만 그러는 것도 아니다. 우리끼리도 그렇다. 다르면 '따'의 덫에 걸려들기 쉽다. 그래서 속으론 달라도 안 다른 척, 똑같은 척, 최소한 비슷한 척이나마 하게 된다. 싫은데도, 내키지 않고 가고 싶지 않은데도 남들이랑 같은 방향으로 휩쓸리게 된다. 똑바로, 똑바로. 곁눈질은 금물. 그런데 과연 언제까지?

"그럼 어떻게 살고 싶은데?"

"나는 말이지……."

강주가 막 대답하려는 순간.

"서이유?"

잠꼬대처럼 다가드는 부름에 반사적으로 고개를 돌렸다. 버스 계단참에 해밀이 서 있었다. 방금 잠에서 깨어난 듯 부스스한 머리다. 나는 입을 딱 벌리고 말았다.

"여기서 뭐 하는 거야?"

해밀이 따지듯이 물었다. 짜증이 뚝뚝 떨어지는 얼굴이다. 나도 반가움을 접어 둔 채 야무지게 대꾸했다.

"너야말로."

'내가 얼마나 걱정한 줄 알아?'라고 쏘아붙이려는데, 해밀이 핸드폰을 들여다보며 중얼거렸다.

"누나가 간다? 뭐야, 이건."

내가 보낸 문자를 이제야 확인했나 보다. 나는 머쓱해져서

툴툴댔다.

"가출한 줄 알았잖아."

곧장 아니라고 잡아떼지 않는 녀석이 수상쩍었다. 역시 가출 시도였던 걸까? 아까 버스에 올라가서 봤을 땐 분명 안 보였는데, 맨 뒷자리에 납작 엎드려 숨어 있었나? 나는 해밀의 몸을 위아래로 훑어 내렸다. 내 눈길을 의식한 해밀이 사납게 인상을 썼다.

"뭐 하는 거냐고!"

"어디 다친 데는 없나 하고 살펴봤다, 왜."

"다치긴 누가 다쳐."

"여태 버스에 있었잖아."

"내가 어디 있건 무슨 상관이야!"

바로 그때 해밀의 뒤통수에서 뿅! 경쾌한 소리가 터졌다. 불시의 습격에 당황한 해밀이 뒤통수를 감싸 쥐고 강주를 노려보았다. 그새 어디서 났는지 손에 든 뿅망치를 약 올리듯 까딱이며 강주가 말했다.

"비주얼은 초딩이라도 누나는 누나."

나를 편들어 주는 건 알겠는데, 이것 참 웃어야 할지 말아야 할지. 기분이 오묘하면서도 한편으론 고소하다.

"어이, 가출 미수. 누나 손잡고 얼른 집에 가라. 그리고 이건, 서이유한테 주는 선물."

내 앞에 마치 풍선처럼 내밀어진 뿅망치를 얼결에 받아 들었다. 서이유한테, 라는 말이 가슴에 박혔다. 나를 보며 강주가 씩 웃었다. 그게 인사인 모양이었다. 돌아선 강주가 거리 쪽으로 걸어갔다. 춤추듯 즐거운 걸음걸이였다. 강주의 뒷모습을 쏘아보며 해밀이 불만스레 투덜거렸다.

"뭐야, 저 또라이는?"

나는 해밀 옆에 서서, 밤거리의 인파 속으로 스며드는 강주를 바라보았다. 어떻게 살고 싶은지에 대한 대답을 아직 듣지 못했는데. 아쉬움이 맴돌았지만 차츰 멀어지는 강주를 불러 세우거나 따라잡지는 않았다. 다시 만나질 거란 예감 때문이었다.

또라이가 아니라, 첫사랑.

멋대로 지껄이는 삐딱이도 내버려 두었다.

"서해밀. 너 나한테 할 말 없어?"

해밀이 뜨악한 표정으로 나를 돌아봤다.

"편지에는 차마 쓰지 못한 것들에 대해서."

"뭐래."

와락 떠밀 듯 내뱉고서 해밀이 툭툭 걸음을 뗐다. 등에 멘 백팩이 제법 통통했다. 나는 해밀 곁에 바짝 따라붙었다.

"지금 안 해도 돼. 말하고 싶어질 때, 그때 해. 그게 뭐든 어떤 얘기든 이 누나께서 다 들어줄 테니까."

해밀은 아무 대꾸도 안 했다. 버럭 내쏘지 않는다는 건 아마도 긍정의 신호. 그러므로 나는 기다려 주기로 마음먹었다. 강주 말마따나 비주얼이야 초딩이라도, 고작 몇 분 먼저라 할지라도, 나는 서해밀의 하나뿐인 누나니까. 그리고 그건 절대로 변하지 않을 믿음 같은 거니까.

집에 도착한 시각은 아슬아슬하게도 12시 5분 전. 오는 길에 밀이를 만나 같이 들어간다고, 엄마한테는 미리 문자를 띄워 놓았다. 나란히 들어서는 우리에게 엄마가 물었다.

"배 안 고파?"

"안 고파."

뚝뚝하게 대답하고선 밀이가 제 방으로 직행해 버렸다. 엄마는 밀이를 따라 들어가지 않았다. 손바닥으로 입을 두드리며 큰 하품만 했다. 어쩌면 엄마도 기다려 주기로 마음먹었는지 모르겠다. 나만큼은 아닐지라도, 적어도 내일까지는.

나는 배가 살짝 고팠지만 편지부터 마무리한 다음 냉장고를 뒤지기로 했다. 방으로 들어와 책상 위에 기념품처럼 **뽕망치**를 올려놓았다.

오늘, 삐딱이를 만났어. 그게 누구냐고? 음, 그건 말이지, 내 안에 살고 있는 무수한 가능성들 중 하나라고나 할까?

내가 잘 몰랐던 나, 그렇지만 싫지 않은 나, 그래서 앞으로 더 친해지고 싶은 나. 그런 나를 이제부터 삐딱이라 부르기로 했어.

하필이면 이름이 삐딱이냐고? 삐딱한 건 다른 사람들의 주목을 받게 되니까 걱정이 된다고? 그럼 어때. 나름 모범생 답답이보단 제멋대로인 삐딱이 쪽이 더 재미있는걸.

나는 조금만 더 재미있게 살고 싶어. 언제나 지금보다 조금 더. 반듯반듯 똑같은 건 시시해. 날마다 똑바로, 앞으로만 걷는 건 재미없어. 고집스런 청개구리 흉내를 내려는 건 아냐.

때로는 삐딱하게, 내 마음이 시키는 대로 해 보기.

내 안의 또 다른 모습인 삐딱이랑 즐겁게 맞장구치기.

그러면 서른여섯 살 서이유가 행복해져 있을 것 같으니까.

뿌듯한 맘으로 편지지를 곱게 접어 봉투에 넣었다. 뽕망치에 휘날리듯 그려진 빨간색 글씨, 'FORTEN'에 눈을 맞추었다. 오늘 만난 또 하나의 삐딱이가 생각나 입가에 미소가 떠올랐다.

나는 봉투에서 편지를 다시 꺼냈다. 첫 줄에 써 놓았던 '미래의 나에게'를 '행복한 서이유에게'라고 고쳤다.

가출 기록부

저녁

해 질 무렵, 그 바다에 도착했다.

바람이 찼다. 어깨를 잔뜩 움츠렸다. 모자를 더욱 깊이 눌러쓰고 옷깃도 최대한 여몄다. 그럼에도 목덜미로 파고드는 한기는 여전했다. 바다에서 불어오는 바람은 도시하고는 비교도 안 되게 카랑카랑했다. 추운 건 둘째고, 배가 몹시 고팠다. 어쩐지 부끄러웠다.

아침에 집을 나서며 내내 꺼 두었던 핸드폰을 켰다. 부재중 전화가 수도 없다. 카톡 메시지들은 더했다. 소리를 죽여 놓기 다행이지, 안 그랬음 경망스러운 알림 퍼레이드가 이어졌을 것이다. 다른 건 다 넘기고 누나한테서 온 문자들만 확인했다.

– 서해밀, 지금 어디야?

– 전화 좀 받아 제발.

– 전화 안 받아도 좋으니까 문자라도 보내. 이거 부탁 아니고 명령이야!

– 밀아. 너 진짜 어디 있는 거야? 아무 일 없는 거지?

– 걱정돼서 죽을 것 같아. ㅠㅠ

걱정돼서 죽는 사람은 없다. 그리고 누나는 죽을 만큼 심각하게 걱정에 빠져드는 사람도 아니다. 이번에도 아마 그 버스부터 찾아가 보았겠지. 가 봤자 낮엔 버스가 없을 텐데. 헛걸음하고 집에 돌아가서는 기다려 보다가 점점 화도 났겠지. 시간이 흘러갈수록 걱정도 됐겠지. 그래도 걱정 따위로 죽지는 않는다. 죽는다는 건 그렇게 쉬운 일이 아니다. 쉬워서도 안 된다. 절대로.

전화와 문자 수신 목록을 죽 훑어보았다. 엄마가 제일 많다. 엄마도 죽을 만큼은 걱정하지 않을 것이다. 아빠는 없다. 아직 모를 뿐, 이제 곧, 해가 완전히 지고 나면 아빠한테도 연락이 갈 것이다. 핸드폰을 다시 껐다.

아빠한테서 연락이 와도 받지는 않을 거다. 아빠가 무서워서는 아니다. 엄한 분도 아니고 대화가 안 통하는 어른도 아니다. 그렇지만 나를 정확히 설명할 길이 없다. 설명한다 한들 똑같은 감정으로 교감하거나 이해받을 수 있을 것 같지 않다. 그건 엄마나 누나도 마찬가지다. 친구들이나 선생님들도.

어떻게 저럴 수 있지?

어떻게 다들 아무 일도 없었다는 듯이 잘만 살아갈 수 있지?

생각할수록 이상하고, 부르르 화가 나고, 마침내 서러워지는. 그런 내 마음을 누구에게도 말할 수가 없다. 그 봄날 이후, 세상과 나 사이에 거대한 원통형의 유리 벽이 둘러쳐져 버린 것만 같다. 나 혼자 갇혀 버린 것만 같다. 아니, 버려진 것만 같다.

"가출."

무심코 고개를 돌렸다. 당연히 나한테 다가든 목소리가 아닐 텐데도. 이 바닷가에 어울리지 않게 맑은 톤이어서 그랬을지도 모르겠다. 바다 반대편 컨테이너를 배경으로 서서 나를 바라보고 있는 남자와 눈이 마주쳤다. '그래, 너.' 하듯이 입가에 미소까지 띄워 올린 남자였다.

재빨리 남자를 스캔했다. 이십 대 중반. 말끔한 아웃도어

차림에 배낭. 나이로 봐서나 스타일을 봐서나 전형적인 꼰대 같아 보이진 않지만, 대뜸 '가출'이라니. 엮이고 싶지 않아 외면했다.

"가출."

목소리가 조금 더 높아졌다. 기분 나빴다. 처음부터 돌아보지 말 걸 그랬다. 저벅저벅 걸어오는 소리가 들렸다. 바로 옆에서 기척이 느껴졌다. 모른 척하고 바다만 열심히 바라보았다.

"가출 맞지?"

그냥 씹었다.

"여행이라 우기고 싶겠지만 참아 줘. 안 속을 거니까."

어이가 저만치 달아났다. 남자를 보며 단단히 내쏘았다.

"여행 맞거든요?"

"신고는 안 해."

웬 동문서답이야. 별 괴상한 인간 다 보겠다.

"고맙지?"

고맙긴, 개뿔. 피곤하다.

"근데요."

"근데요, 뭐?"

"언제 봤다고 자꾸 반말이세요?"

불만스레 대들었는데도 남자는 인상을 구기기는커녕 바삭한 소리를 내며 웃었다. 완전 재수 없다.

"나 모르겠어?"

여전히 웃음을 머금고서 남자가 물었다. 혹시 연예인인가? 남자를 자세히 뜯어보았다. 가만 보니 제법 훈남이다. 아무려나 이토록 당당히 자기 존재를 과시해 봐야 모르겠는 건 모르겠는 거다.

"모르겠는데요."

퉁명스럽게 대꾸했다.

"정말 기억 안 나?"

기억?

순간 골똘해지고 말았다. 그해 봄 이래로 '기억'이라는 말은 길고도 뾰족한 갈고리가 되었다. 영혼 깊숙이 박혀 떼어낼 수 없는, 짙푸른 그림자가 되었다. 아무리 애를 써도 지워지지 않는.

남자가 배낭을 뒤지더니 모자를 꺼내 머리에 덮어 썼다. 새파란 바다와 노랗게 슬픈 리본들 틈에서 튀어도 너무 튀는 형광 분홍색 비니. 기억, 났다.

"포텐……?"

대답처럼 남자가 환하게 웃었다.

묻고 싶었다.

어쩜 그렇게 환히 웃을 수 있어요? 더구나 다른 곳도 아닌 여기에서. 막막한 기다림으로 나날이 젖어 가는 사람들 속에서. 어떻게 그리도 무심하게 웃음이 나지요?

의문을 담고 불뚝불뚝 치솟던 화가 새삼 터져 나오려 했다. 애꿎은 주먹만 가득 움켜쥐었다.

밤

"먹자."

남자가 말했다. 좁은 창 너머로 내다보이는 바다엔 노을이 물러간 뒤 빠른 속도로 어둠이 내리기 시작했다. 어두워지면 갈피를 잡지 못하고 함부로 떠도는 마음, 가슴속이 꽉 막혀 어디로든 뛰어나가고 싶어지는 충동이 다른 날들과 같았다.

"숟가락까지 쥐여 줘?"

가볍게 쥐어박는 소리에 바다로부터 눈길을 돌렸다. 따끈한 밥과 국, 가지런히 놓인 몇 가지의 반찬들. 특별히 신경 쓰진 않았지만 다정한 상차림이 집에서의 여느 저녁을 생각나게 했다. 주머니 속의 핸드폰을 만지작거렸다.

"일단 먹어. 배가 든든해지면 맘도 든든해져. 든든히 먹고 나서 전화해."

조금 놀라 앞에 앉은 남자를 쳐다보았다. 가출이란 호칭도 그렇고, 뭐든 척 보면 다 안다는 듯 나오는 저 태도는 어디에서 온 자신감일까. 포텐 버스에서 봉사하며 일명 '가출'들을 많이 겪어 봐서 그런 걸까.

낮에 시외버스 터미널에서 먹다 만 햄버거 외에는 종일 빈속이었다. 배가 고프다 못해 쓰라렸다. 방에 아무도 없었다면 밥상을 받자마자 허겁지겁 먹어 치웠을지도 모르겠다. 그런 생각이 들자 또 부끄러워졌다.

"국이 시원하네. 식기 전에 얼른 먹어라. 후회하지 말고."

숟가락을 들었다. 생선이 들어간 맑은 국은 남자 말대로 시원했다. 뜨거운 국물이 시원하게 느껴지는 순간 어른의 세계로 한걸음 들어간 거라던, 비로소 인생의 참맛을 알게 된 거라던 아빠 말이 떠올랐다.

밥도 국도 반찬들도 맛있었다. 천천히 먹으려고 노력했다. 게걸스러워 보일까 봐 두려웠다. 배가 고프고, 잠이 오고. 사람인 이상 분명 그럴 텐데, 그럴 때면 어떻게들 견디는지 궁금했다. 기다림이 가장 중요한 일과가 되어 버린 그 가족들에게도 웃음이 머물 때가 있을까. 바닷속이 아닌 일상의 소소한 이야기들을 나누고 싶어질 때가 있을까.

그러다 문득 소스라쳤다. 혹 이 사람도 이곳의 그 가족들 중 하나는 아닌지. 나도 모르게 남자를 빤히 쳐다보았다. 남자가 덤덤히 물었다.

"왜."

"여기…… 누가 있어요?"

뭔 소리야, 하는 얼굴로 마주 바라보던 남자가 툭 내뱉었다.

"사람이 있지."

기억이란 말이 날아들었을 때처럼 가슴 안이 따끔했다. 세상에 넘쳐 나는 게 사람인데, 여기서는 너무도 무거운 의미로 다가들었다. 아마도 그건, 기다리는 사람, 하루빨리 물 위 세상으로 올라오기를, 그래서 가족들 품에 돌아오기를 날마다 온 마음으로 간절히 기다리고 있는 사람, 사람들.

"가출한 사람."

웃으며 이기죽거리는 남자를 노려보았다. 도무지 경건해질 틈을 두지 않는 해괴한 사람이다.

"아니라고 했잖아요."

"사람 아냐? 그럼 뭐야?"

"아, 씨. 그게 아니라, 가출 그거요. 아니라고요. 난 그냥 바람 쐬러 온 거라고요."

"바람 쐬러 여기까지 와? 거짓말도 좀 그럴듯하게 해라."

"아, 씨……."

"가출. 자꾸 욕할래?"

"욕 안 했거든요? 그리고 아까부터 왜 자꾸 가출, 가출 그러세요?"

"가출한테 가출이라고 하지, 그럼 뭐라고 하냐? 내 이름은 땡땡땡입니다, 하고 공손하게 가르쳐 준 것도 아닌데."

"해밀이예요."

"해미리? 이름이 뭐 그러냐? 외국 살다 왔어? 아프리카 오지 어느 부족의 족장 아들 이름 같네. 아니다. 무슨 희귀한 어류 이름인가?"

남자는 크크크, 짓궂은 웃음도 빼먹지 않았다. 엄마 아빠가 머리를 맞대고 고심 끝에 지었다는 내 소중한 이름 갖고 비웃으며 농담 따먹기나 하다니. 괘씸했다.

"해미리가 아니고, 해밀! 서해밀, 이라고요."

"웃자고 한 소리에 죽자고 달려들기 있기 없기?"

"하나도 안 웃기거든요?"

"거의 웃을 뻔했는데. 아쉽네."

맞다. 다른 때, 다른 장소였으면 불쑥 웃었을 거다. 그 봄 이전이었다면. 돌아갔으면 좋겠다. 그날, 배가 출발하기 직

전의 시간으로. 그러면 무슨 수를 써서라도 출항을 막았을 텐데. 내가 아는 모든 사람들을 다 동원해서라도 반드시 그랬을 텐데.

그럴 수 없어서 미치게 속상했다. 화가 났다. 서러웠다. 어떤 감정에서 시작되든 분노와 서러움으로 끝을 맺고 만다. 차라리 엉엉 울어 버렸으면 좋겠는데, 맹렬히 화가 치솟기 시작한 어느 순간부터는 울음조차 나오지 않았다.

고개를 숙이고 밥만 꾸역꾸역 먹었다. 서러움을 삼키듯 국도 푹푹 떠먹었다. 꾸준히 내게 꽂히는 시선이 느껴졌지만 마주치지 않았다. 밥 한 공기를 비우고 나니 들끓던 감정들도 가라앉았다. 배가 든든해지면 맘도 든든해진다더니만, 일리 있는 소리 같다. 숟가락을 놓자, 기다렸다는 듯 남자가 말을 건넸다.

"내 이름은 유대야."

이번엔 진짜 웃어 버릴 뻔했다. 그래서 더 부루퉁하게 대꾸했다.

"아저씨 이름도 만만치 않네요, 뭐."

"아저씨 아니고 형. 그리고 가출 너 웃음 좀 참지 마라. 도닦냐?"

"남이야 웃든 말든 뭔 상관이야."

"상관하는 게 내 특기걸랑."

"잘나셨어요."

"알아줘서 고맙다."

유들유들하기가 타의 추종을 불허하는 수준이다.

"밥도 배불리 먹었으니 대화를 좀 나눠 볼까? 먼저, 여기 오게 된 이유부터."

"……."

"말 안 할 거야?"

"유대야 아저씬 여기 왜 왔는데요?"

"뭐? 유대야?"

하하하 크게 웃었다. 남자의 웃음소리가 집 바깥까지 울려 퍼질까 봐 마음이 졸았다.

"인마. 유대야가 뭐냐, 유대야가. 유대야가 아니라 유대. 정유대."

어쩐지 요즘 이름 치곤 심하게 촌스럽다 했다. 웃음 참았길 다행이다. 괜한 오해로 웃음이 나 버렸으면 나 자신이 더 한심했을 테니 말이다.

"진작 그렇게 말할 것이지."

"가끔씩 말이 짧다?"

"혼잣말도 못 해요?"

"앞에 사람 앉혀 두고 혼잣말하는 버릇 어지간하면 고치자. 그거 같이 있는 사람 소외시키는 거걸랑."

자기가 뭔데 버릇을 고치라 마라야. 짜증이 났다.

"앞에 앉아 있어 달라고 부탁한 적 없는데요."

한껏 퉁퉁하게 내던졌다.

"고맙습니다, 몰라?"

난데없는 대꾸에 멀뚱멀뚱해졌다. 나를 보는 얼굴이 단정했다. 표정이 험악해진 것도 아닌데 자세를 바르게 만드는 면이 있었다.

"1년 전에 딱 한 번 봤는데 알아보고 말 걸어 줘, 따듯한데 데리고 들어와 같이 밥 먹어 줘, 불안한 마음 살살 다독여 줘. 이쯤 왔으면, 고맙습니다, 라는 상식적인 인사말 정도는 나올 때도 됐잖아?"

지금까지와는 살짝 다르게 말투도 단정했다. 틀린 말 하나 없음을 어쩔 수 없이 인정해야 했다.

"고맙습니다."

숙제하듯 말하고서 고개도 꾸벅 숙였다.

"형."

또 멀뚱해진 내게 유대 형이 미소를 띤 채 덧붙였다.

"그렇게 부르라고."

태오 형이랑은 좀 다르다. 어른 같다. 겉보기로는 대학생 같았는데 훨씬 나이가 많을지도 모른다.

"의사예요?"

"슬슬 내가 궁금해진다, 이거지? 좋아. 궁금한 거 뭐든 다 얘기해 줄 테니까, 우선 집에 전화부터 해."

창밖은 이제 완전히 어두워져 있었다. 먹먹한 어둠이 바다를 멀리 밀쳐놓았다. 드문드문 맺힌 불빛들이 별처럼 총총했다. 밤이 점점 깊어지면 어디까지가 하늘이고 어디서부터 바다인지 알 수 없는 시간이 찾아오겠지.

엄마는 아빠에게 전화를 했을까? 깜짝 놀란 아빠는 집을 향해 전속력으로 달려가고 있을까? 누나는 다시 포텐 버스로 찾아갔을까? 손 안에 든 핸드폰이 무거운 돌멩이로 느껴졌다. 단숨에 던져 버릴 수도 계속 쥐고 있을 수도 없는.

"못 하겠어? 내가 해 줘?"

"아니요."

"그럼 도 그만 닦고 어서 해."

"저 진짜 가출한 거 아니거든요."

"그래, 알았어. 너 진짜 머나면 이곳까지 바람 쐬러 온 거지. 그러니까 진짜 가출 돼 버리기 전에 전화부터 하라고."

"문자만 할래요. 누나한테."

"아. 그때 그 꼬맹이 누나?"

유대 형이 흔쾌히 웃으며 끄덕였다. 핸드폰을 켜자 누나가 보낸 메시지가 제일 먼저 마중 나왔다.

– 서해밀. 어디 있는지만 알려 줘. 그럼 누나가 당장 갈게. 물론 엄마랑 아빠한테는 비밀! 약속, 약속, 약속!

세 번씩이나 외치지 않아도 누나는 정말 약속을 지킬 거다. 내가 있는 곳만 알아내면 신나게 집에서 뛰어나오겠지. 하지만 여긴 멀어도 너무 멀다. 엄마 아빠 몰래 누나 혼자 오기에는 늦은 시간이다. 그리고 지금은 혼자 있고 싶다.

누나가 나를 들여다보려고 나름 노력한다는 건 안다. 그렇지만 누나는 늘 쉽게 만들어 버린다. 문제를 아주 단순하게만 생각해 버린다. 온전히 이해하지 못한다는 점에선 누나도 다를 바 없다. 누나한테 문자를 보냈다.

– 바다에 왔어. 바람 좀 쐬고 갈게.

걱정하지 마, 라고 쓰려다 말았다. '갈게'에 그 말을 포함해서 여러 의미가 다 들어 있다고 생각했다. 누나한테서 답이 날아들기 전에 핸드폰을 꺼 버렸다. 답을 보고 맘이 흔들려 다시 답을 하고, 그러다 보면 누나 꾀에 휘말려 들 수도 있었다.

"밥을 먹었으니 밥값을 해야겠지만, 내일 하기로 하고. 바람 쐬러 왔다니 제대로 바람 쐬러 나가 볼까?"

유대 형이 일어섰다.

깊은 밤

작은 배가 물결에 흔들리며 남실거렸다.

흐르는 마음을 따라 여기로 올 때까지만 해도 밤바다에서 배를 타게 될 줄은 몰랐다. 더구나 유대 형하고는. 바닷가에서 유대 형과 마주치던 순간엔 성가시고 귀찮기만 했는데 말이다. 한 치 앞도 모르는 게 인생이라고들 하더니만, 과연 그렇다.

"춥지?"

유대 형이 물었다. 고개를 저었다. 바람 쐬러 왔다 큰소리쳐 놓고 추위 따위로 엄살떨기 싫었다.

"이상한 녀석일세. 추워 죽겠다고 얼굴에 딱 쓰여 있는데 왜 아니래?"

누가 누구더러 이상하다는 건지 모르겠다.

"알면서 대체 왜 묻는 건데요?"

"알면서도 서로 물어봐 주는 게 사람 사는 재미지. 아프냐? 나도 아프다. 우리 같이 약 바르자. 배고프냐? 나도 배고프다. 우리 같이 밥 먹자. 춥냐? 나도 춥다. 더 안 춥게 우리 꼭 껴안고 있을까?"

드라마 대사까지 섞으며 번드르르하게 늘어놓던 유대 형이 두 팔 넓게 벌려 정말 나를 껴안으려고 했다. 질겁하며 몸을 뒤로 젖혔다.

"왜 이래요? 변태같이."

유대 형이 클클클 웃어 댔다. 피식 웃음이 났지만 이내 입을 앙다물었다.

배는 천천히 나아갔다. 딱히 목적지를 정해 놓지 않고 무작정 바다 위를 떠도는 것도 같았다. 어둠을 삼킨 물이 아득했다. 저 깊디깊은 물 아래에 아직도 돌아오지 못한 사람들이 묻혀 있다. 가슴이 먹먹해졌다.

기다리는 일은 육지의 사람들에게만 속한 게 아닐지도 모른다. 기다림은 저 어둔 바닷속에 남겨진 사람들에게 더 절실한 것인지도 모른다. 영원히 남겨지지 않게 해 달라는 염원. 아주 잊고 돌아서지 않게 해 달라는 소원. 하루빨리 집으로, 가족들 품으로 다시 돌아갈 수 있게 해 달라는 기원.

그렇지만…… 모두 잊는다. 날마다 까맣게 잊어 간다. 누나만 해도 그렇다. 죽을 때까지 절대로 배는 타지 않을 거라 겁에 질려 맹세하더니, 언제 그런 소릴 했냐는 듯 아무렇지 않게 한강 유람선에 올랐다. 잊혀 가는 거다. 지워져 가는 거다. 차마 믿을 수 없던 그날도, 막막한 두려움과 끝 모를 슬픔도, 통제하기 힘든 분노도, 모두 잊어버리고 있다. 분명 그런 거다.

결론을 내리자 맹렬하게 화가 솟구쳤다. 주먹으로 뱃전을 꽝 내리쳤다. 아팠다. 손이 아니라 마음 저 깊은 데가.

"그렇게 살살 쳐서 되겠냐? 피가 철철 흘러야 제맛이지."

방금 내리친 손을 들여다보았다. 겉만 살짝 붉어졌을 뿐 말짱했다. 피 한 방울 흐르지 않게, 긁힌 자국 하나 없게, 꼭 그만큼만 부딪치는 자신이 한심했다. 아무 말 없이 무작정 집을 나왔다. 언제 돌아갈지 내일은 어디로 갈지 계획도 없다. 그러면서 가출 아니라고 우겨 대는 것도 우스웠다.

"찢자."

유대 형이 말했다.

"찢어서 고름을 빼야 돼."

뻔한 소리다. 곪은 덴 방치하지 말고 찢어야 낫는단 얘길 하고 싶은 거겠지. 더 썩어 들어 가기 전에 칼을 대야 한다는

116

거겠지. 들어줄 테니, 더 이상 혼자 끙끙대지 말고 털어놔 보라는 거겠지. 말하고 들어주고, 그러는 과정만으로도 치유가 이루어진다는 얘길 하고 싶은 거겠지. 하지만…… 돌이킬 수 없는 일에 대해서도 그게 가능할까.

"그럼 다 괜찮아져요?"

사뭇 반항적으로 물었다.

"다? 졸업도 안 한 의대생을 명의 취급하고 있네. 고맙긴한데, 거기까진 내 능력 밖이야. 다 괜찮아지게는 못 해. 단번에 다 괜찮아지게 만드는 수술은 지구에 없어. 그런 건 우주에도 없을걸? 한 번에 하나씩. 아. 참고로 말해 두는데, 내 전공이 외과는 아냐."

유대 형이 말끝에 흐흐 웃음을 곁들였다.

"순 돌팔이."

낮게 내질렀다.

"어쨌든 찢자. 찢어도 안 죽어."

안 죽어, 라는 말. 휘파람 불듯 가볍게 다가든 그 말이 묘하게 위로가 됐다. 괜찮아, 라는 말처럼 들렸다. 어떤 주문처럼 느껴지기도 했다. 힘이 나게 하는. 심각해지지 않게 만드는.

"자꾸만……."

입을 뗐지만, 그동안 속에 억눌려 있던 무수한 말들이 서로 먼저 나오려고 아우성을 쳤다. 유대 형이 차분히 재촉했다.

"그래, 자꾸만."

"자꾸만 화가 나서 견딜 수가 없어요."

"……그렇구나."

"전부 다 거짓말 같아요."

"……그래."

"왜 열심히 구해 주지 않았죠?"

"그러게 말이다."

"112에 신고하면, 119를 부르면, 언제 어디에서 무슨 일이 생기든 즉각 달려와서 도와주고 살려 주는 건 줄 알았어요. 그게 당연한 거잖아요. 당연히 그래야 되는 거잖아요."

"그렇지. 당연한 거지. 그래야 정상인 거지."

"그런데 왜 안 그랬어요? 왜 그냥 내버려 뒀어요? 왜 가만히 지켜만 봤어요? 왜, 왜, 도대체 왜!"

원망 어린 질문이 절규로 바뀌었다. 무릎 위로 커다란 손이 덮였다. 유대 형의 손이었다. 가만가만 토닥였다. 따듯했다.

"뭔가가……."

의심해 본 적 없던 믿음과 생각의 가장 기초적인 틀이, 여태껏 나를 떠받치고 있던 땅과 세계가……

"다 부서져 버렸어요. 무너져 버렸어요. 남은 게 없어요. 그래서 난……"

폐허 같아요. 고아 같아요.

미처 토하지 못한 말들을 안고 눈시울이 와락 뜨거워졌다. 비죽 비어져 나온 눈물을 손등으로 쓱쓱 닦아 냈다. 흐를 새도 없이 지워진 눈물은 다시 가슴 안에 담겼다.

"한꺼번에 다 쓰지 마."

무슨 소린가 싶어 유대 형을 쳐다보았다.

"그게 뭐든. 슬픔이든 원망이든 미움이든 분노든 다른 그 무엇이든 한꺼번에 다 써 버리면 금세 지쳐. 무너져 버려. 통장에서 귀한 지금 꺼내 쓰듯 매일 조금씩 조금씩만 아껴 써. 알뜰하게."

"형은 그게 돼요?"

"나는 돼."

"잘나셨어요."

"역시 그렇지?"

냉큼 받아치고서 유대 형이 씩 웃었다. 그늘 없는 웃음을 향해 또 묻고 싶어졌다.

어떻게 그런 웃음을 지을 수 있어요? 이 바다에서.

"나만 되는 게 아니라, 다들 그러려 애쓰는 중일 거야. 모두가 그런 마음으로 하루하루를 살아가고 있을 거야. 때로 맑게 웃으면서."

그러니까 잊어 가는 게 아닌 걸까. 지워 가는 게 아니라는 걸까. 때로 웃는다는 건, 웃을 수 있다는 것은, 지치지 않기 위해서일까. 더 꿋꿋이 기억하기 위해서일까. 더 오래 기억하려고 그러는 걸까. 정말 그런 걸까. 그러면…… 다시 지을 수 있을까. 무너진 땅과 세계가 새롭게 되살아날까.

"저기."

유대 형이 저만치 앞에 건너다보이는 낮은 산을 가리켰다. 산 중턱에 희미한 불빛이 떠 있었다.

"저 불빛이 뭔지 알아?"

"뭔데요."

"포기하지 않겠다는 마음."

인양 작업을 지켜보려고 가족들이 산 위에다 텐트를 치고 지낸다는 얘길 들은 적이 있었다. 그 불빛인가 보았다. 그 마음들인가 보았다.

"난 그렇게 생각해."

유대 형이 덧붙였다.

할 수 있는 게 아무것도 없다고 생각했다. 그런데……. 무언가를 하고 있었다. 하고 있다. 다시금 울컥했다. 기어이 눈물이 흘렀다. 이번엔 서둘러 닦아 내지 않았다. 들키도록 내버려 두었다. 바다에서 불어온 차디찬 바람이 젖은 뺨을 마음껏 할퀴었다. 추워서 차라리 편했다.

선장 아저씨가 배를 멈추었다. 유대 형이 라면을 끓였다. 셋이서 옹기종기 둘러앉아 라면을 먹었다. 선장 아저씨가 바다와 함께 살아온 이야기를 해 주었다. 아빠보다 열 살도 더 많은 선장 아저씨는 이 바다에 헤아릴 수 없을 만큼의 이야기들을 품고 있었다.

유대 형은 휴학 이후 포텐을 비롯해서 거리의 아이들과 만나게 된 이야기들을 펼쳐 놓았다. 형광 분홍색 비니에 대해서도 말해 주었다. 오래 앓다 떠난 친구로부터 받은 선물이라고 했다. 여자 친구였냐고 선장 아저씨가 물었지만, 유대 형은 그저 웃기만 했다. 웃을 수 있음이 강인하게 느껴졌다.

우리는 이따금 고개 들어 산 위에서 반짝이는 불빛을 바라보았다. 마음으로 끄덕여 주었다.

새벽

이마에 손이 얹혔다. 잠결에도 새벽이라는 걸 알았다. 창으로 들어온 희끄무레한 빛살이 눈두덩에 어른거렸다. 이마를 짚고 있던 손길이 이마 위 머리칼을 가만가만 쓸었다. 좀 성가셨다. 달콤한 잠 속에 좀 더 파묻혀 있고 싶었다. 뒤척이며 모로 돌아누웠다.

"엄마."

잠기운이 묻은 저 부름은 누나 것이다.

"더 자."

머리맡에서 엄마 목소리가 나지막이 울렸다. 왜 둘 다 내 방에 들어와 있지? 졸음 가운데에도 의아해졌다.

"엄마 안 잤어?"

누나가 묻고, 나직나직 엄마가 대답했다.

"잤어."

"안 잤는데, 뭘. 딱 보면 알아."

"잤다니까. 쿨쿨 자다 좀 전에 깬 거야."

"거짓말. 걱정돼서 한숨도 못 잔 거면서."

눈을 떴다. 낯선 벽지가 보였다. 아, 그렇지. 여긴 내 방이 아니지. 집이 아님을 확인하자 잠이 싹 달아났다. 엄마와 누나가 한밤중에 여기까지 달려온 모양이다.

"걱정돼 죽겠다고 노래를 부르더니 넌 잘만 자더라?"

"헤헤. 나야말로 가출 체질인가?"

"가출 아니거든?"

"밀이가 할 말을 엄마가 대신 하네?"

"내 아들이잖아."

"내 아들이니까 믿어, 그런 거야? 둘이서만 통하는?"

"응, 그런 거야."

"쳇. 나는 쏙 빼놓고 둘이만 뭉친다 이거지?"

"그러는 넌 바다란 말만 보고 밀이가 여기 와 있는 줄 어떻게 알았어?"

안 그래도 궁금했던지라 귀를 쫑긋 세웠다.

"동생이잖아. 지구상에 단 하나뿐인 내 동생. 그래서 우리도 둘이서만 통하는 게 있걸랑. 쌍둥이끼리만 통하는 특별한 텔레파시 같은 거."

"그 쌍둥이 텔레파시 진작 좀 가동하지 그랬어. 그럼 하루 내내 애 안 타고 좋았잖아."

"늦게라도 연결된 게 어디야? 시비 그만 걸고 엄마도 좀 자."

이불 사각거리는 소리가 났다. 엄마가 눕나 보다. 먼 길 다급히 달려와서도 밤을 꼬박 새우고 이제야. 엄마랑 티격태격하던 누나도 다시 잠들었는지 조용해졌다.

조심스레 몸을 일으켰다. 앉아 있는 누나와 눈이 마주쳤다. 뜨끔했지만 내색하지 않았다. 조금 쑥스러웠다. 누나가 방문을 손가락질했다. 입은 꼭 다문 걸 보니 아마도 엄마 모르게 나가자는 뜻일 테다. 누나 옆에 누운 엄마는 눈 감은 채였다. 잠들었는지는 알 수 없었다. 어젯밤에 나랑 같이 잠들었던 유대 형은 보이지 않았다.

마당으로 나왔다. 누나도 곧 뒤따라 나왔다. 누가 어쩌자고 말한 것도 아닌데 둘 다 나란히 바닷가 쪽으로 걷고 있었다. 어제와는 달리 바람은 잠잠했다. 알싸한 공기가 콧속으로 스며들었다. 춥다기보다는 산뜻했다. 머리가 투명해지는 느낌이 나쁘지 않았다.

"많이 답답했지?"

바다를 바라보며 서서 누나가 물어왔다.

"나도 그랬어. 말을 꺼내면 힘들고 무거워지는 것 같아서 그냥 속에만 뒀어. 이곳 이야기는 다들 싫어하는 것 같아서, 꺼리는 것 같아서 안 하게 됐어. 있잖아, 입 밖에 내지 않는다고 해서 깡그리 잊어버린 건 아니야. 그건 완전 오해야. 모두 조그만 촛불 같은 거 하나씩 가슴에다 품고 사는 거 아닐까? 그래서 그 힘으로 환히 웃을 수 있는 거 아닐까?"

뭉클했다. 콧잔등이 찡해져서 얼른 말길을 돌렸다.

"진짜 텔레파시야?"

누나가 킥킥 웃었다.

"너하고 나 사이에? 희망 사항이겠지."

"그런데 어떻게 알고 왔어?"

"강주한테 전화 받고. 유대 오빠가 강주한테 연락했나 봐."

강주라면, 포텐 버스에서 내 머리에 뽕망치 세례를 날렸던 그 또라이? 어째 쳐다보는 게 심상찮더라니.

"둘이 사귀는 거야?"

"물음이 좀 삐딱하다?"

"강준지 뭔지 난 맘에 안 들어."

"너랑 사귀라는 것도 아닌데 무슨 상관?"

그건 그렇지만. 할 말이 없어 툭툭 걸음을 뗐다. 걸으며 바다를 지키듯 노랗게 늘어져 흔들리는 리본들을 바라보았다. 따라오는 기척이 없어 돌아보았다. 저만치에서 누나가 바다를 향해 두 손을 가지런히 모은 채 묵념하듯 고개를 숙이고 서 있었다. 꽃 같았다.

별이 돋는 밤

해 저물녘, 그 바다와 안녕했다.

뒷자리엔 내가, 누나는 엄마 옆 조수석에 앉았다. 유대 형은 선장 아저씨네 집에서 며칠 더 머물 거라고 했다. 차가 바다를 등질 때, 유대 형과 선장 아저씨가 나란히 손을 흔들어 주었다. 차창을 내리고서 누나도 반짝반짝 손을 흔들어 댔다.

한참 달려가다 휴게소에 들렀다. 엄마가 잠깐 화장실에 간 사이, 누나가 손바닥만 한 노트 한 권을 뒤로 건넸다. 여자애들이 곧잘 쓰는 다이어리처럼 생겼다. 다행히 아기자기한 그림 같은 건 없었다.

"거기다 네 마음을 써 봐."

"나 일기 안 써."

"알아. 너 낯간지러워서 편지도 잘 못 쓰겠는 거. 그래서 백지 편지나 남겨 놔서 사람 온통 심각해지게 만들었잖아. 그거 일기도 편지도 아냐."

"그럼 뭐야."

퉁명스레 내지르자, 좋아하는 노래 제목이라도 대듯 누나가 경쾌하게 외쳤다.

"가출 기록부!"

어이가 없어 코웃음 쳤다. 누나가 조곤조곤 설명했다.

"생활기록부는 선생님이 '나'를 짐작하고 판단해서 쓰는 것. 가출 기록부는 내가 직접 '나'를 쓰는 것. 어디 제출하거나 누구한테 보여 주기 위해서 쓰는 게 아니라, 나를 들여다보려고 쓰는 것. 말하자면 자신과의 진솔한 대화가 이루어지는 공간이랄까?"

"집 나와 있는 동안 한 일들을 남김없이 보고하라는 건 아니고?"

"그러고 싶어?"

인상을 팍 구겼다. 누나가 혀를 날름 내밀고는 방긋 웃었다.

내게 온 노트를 가만히 쥐어 보았다. 무심코 표지를 열었다. 첫 페이지에 '해밀에게'로 시작하는 메모가 씌어 있었다. 엄마 필체였다.

그 누구를 위해서가 아닌
너를 위해서
'나'를 위해서
혼자였던 너의 시간들을 기록해 볼래?

무너진 세계를 다시 지을 수 있을까. 다시 믿을 수 있게 될까. 포기하지 않으면. 기록하면. 기억하면.

"서해밀."

"왜."

"내 동생이니까, 더구나 우린 쌍둥이니까, 빤히 안다고 생각했는데 아니었던 것 같아. 중2병이 참 오래도 간다고 내기준으로 섣불리 판단해 버린 부분들도 많았고. 여전히 너를 잘은 모르지만, 네 마음을 속속들이 알 수 있다고 생각하지도 않지만, 언제든 나한테도 널 말해 줬으면 해. 너를 지금보다는 더 잘 이해할 수 있게. 그러니까 난 느긋하게 기다려 볼래. 아마 엄마 맘도 나랑 같을걸?"

그러므로 이 노트는 누나와 엄마의 합작품. 아니, 같이 하는 마음. 둘이서, 그리고 언젠가는 셋이서.

뜨끈해진 눈시울로 차창 너머 하늘을 올려다보았다. 별들이 하나둘 돋아나고 있었다. 영롱했다.

짝사랑 만세

의지다!

차르르르 쏴아.

귓가로 밀려드는 파도 소리가 잠잠해지도록 나는 그대로 서서 기다렸다. 저만큼 먼 의지는 농구공을 통통 튕기다가 멈추고는 힘껏 슛을 날렸다. 그물을 통과할까? 숨을 멈추고 지켜보는 동안 시간이 아주 느리게 흘렀다.

깔끔한 성공과 아쉬운 실패, 둘 중 어느 쪽이건 괜찮다. 성공하면 신이 난 의지가 폴짝폴짝 뛰는 모습을 볼 수 있을 테고, 실패하면 성공할 때까지 끈질기게 시도하는 모습을 볼 수 있으니까. 농구공이랑 뛰노는 의지는 춤이라도 추는 것 같아서 보고 있으면 즐겁다. 비록 파트너가 태오일지언정.

골대의 둥그런 가장자리를 맞고 튕겨 나온 공을 태오가 날렵하게 잡아챘다. 비로소 시간이 제 속도를 찾았다. 아련하던 파도 소리도 멀어졌다. 멋들어지게 슛을 성공시킨 태오에게 나는 짝짝 박수를 보냈다. 공을 가로챈 의지가 내 쪽을 쳐다보았다.

"나재현! 같이 할래?"

의지가 반갑게 소리를 높였다.

당연히 같이하고 싶다. 그렇지만 지금 말고 나중에. 네 옆에 태오가 없을 때. 네 앞에 내가 있을 때. 네 눈에 나만 보일 때. 그게 언제가 될지는 모르지만. 그런 날이 과연 올지는 모르지만.

태오도 어서 오라는 듯 나를 향해 손짓을 했다. 나는 활짝 웃으며 한 마디로 줄여 대답했다.

"나중에!"

태오 때문에 지레 물러서는 건 아니다. 핑계도 물론 아니다. 지금은 담임한테 가야 한다.

오늘은 담임과 개인 면담이 있는 날. 그리고 내일은 마침내 부모님께 내 결심을 통보하는 날. 담임이야 뭐라 하든 상관없는데 엄마 아빠가 문제다. 집에 한바탕 폭풍이 휘몰아칠 게 분명하지만 더 이상은 미룰 수 없다. 하얀 거짓말에도 한

계가 있는 법. 범람하기 전에 해결해야 한다.

의지가 공을 품고 다시금 힘차게 날아올랐다. 정확하게 성공! 나는 박수를 쳐 주었다. 좀 전보다도 훨씬 힘차게. 태오가 의지를 향해 손을 뻗었다. 의지도 태오에게 손을 뻗었다. 하이파이브.

나는 돌아서서 걸음을 옮겼다.

"너 공부 잘하는구나?"

뭐지? 이 감탄적 대사는.

나는 의문을 담고 담임을 빤히 쳐다보았다. 진짜로 놀랐다는 표정을 보니 빈정대는 건 아닌 것 같았다. 공부 잘한다는 소리 듣는 건 초딩 때 이후로 처음이다. 입에 발린 칭찬을 받는 듯해 어색하고 멋쩍었다.

"수학이 1등급이잖아?"

수학, 만, 1등급인데요, 라고 '만'을 강조해서 대꾸하려다 말았다. 컴퓨터 화면에 떠 있는 내 성적 현황을 나보다 더 열심히 들여다보고 있는 사람은 담임이니 말이다.

"공부도 잘하는 녀석이 왜 엉뚱한 데로 새려고 해?"

샘, 다른 과목 숫자들도 눈여겨보심이 어떨지. 공부 잘한다는 소리를 듣기에는 민망하고 곤란한 등급 분포라 생각하는데요. 3월 초와 180도로 바뀐 그 친절한 어조랑 태도도 썩 바람직해 보이진 않고 말이죠. 공부 잘하는 놈만 인격적으로 존중받을 권리가 있음을 몸소 보여 주시는 것 같아서 기분이 엿 같아지거든요.

이렇게 주절주절 늘어놓는 건 매를 버는 일이겠지. 3학년이 된 지 한 달이 채 안 지났지만, 담임이 은근 다혈질이라는 사실은 알아채 버렸으니까. 그렇더라도 할 말은 한다. 그럴수록 꼭 해야겠다.

"엉뚱한 데, 아닌데요."

담임이 모니터에 두고 있던 눈길을 내게 돌렸다. 나는 공손한 미소를 지어 보였다. 이런 것쯤이야 쉽다. 그리고 괜히 부딪쳐 봐야 좋을 일도 없다.

"이 자식 봐라."

네, 많이 보십시오. 이 정도면 아주 잘생기지 않았습니까? 샘은 지금 장차 우리나라의 연극계를 두 어깨에 짊어질 대배우와 마주하고 계신 겁니다. 으하하하.

"웃어?"

"웃는 것도 죕니까?"

이런 대사를 칠 때는 절대로 정색하면 안 된다. 싱긋, 산뜻하게 웃어야 한다.

"하. 뭐 이런 꼴통 새끼가 다 있어."

공부 잘한다며 감탄 날릴 땐 언제고, 잠깐 사이에 꼴통 새끼로 추락시키네. 일관성 없기는.

속에서야 어떤 생각들이 샘솟을지라도 싱그러운 웃음과 느긋한 여유를 포기하면 밀린다. 그 순간 지는 거다. 공부가 아니면 전부 엉뚱한 데라는 웃기는 편견과, 예체능을 선택한 아이들은 대체로 돌대가리일 거라는 터무니없는 선입관과, 스카이만이 어엿한 길이라는 케케묵은 관념에게.

학기 초, 교단에 선 담임은 야간 자율 학습을 하지 않겠다는 예체능 쪽 몇몇 아이들에게 직격탄을 날렸다.

그렇게 살아서 대체 뭐가 될래? 한심한 것들.

그때도 나는 입가에 미소를 띤 채 생각했다.

최소한 댁처럼 편견과 선입관과 구시대적 사고에 쩔어서 다짜고짜 폭언부터 날리는 선생은 안 될 것 같습니다만, 이라고.

담임이 말한 '그렇게'의 정확한 의미가 무엇인지 고찰하는 건 그 다음이었다. 야자를 안 하겠다는 것? 예체능을 선택했다는 것? 야자를 하지 않겠다는 것은 곧잘 일탈과 맞먹는다. 나로 말하자면, 학교에서 무의미하게 시간만 때우고 앉아 있는 대신 학원에서 나에게 합당한 수련을 하겠다는 뜻인데도.

야자 거부를 인생 포기로 받아들이는 공식이라도 있는 걸까?

일반고에서 예체능으로 길을 틀었다는 것 또한 지질한 오해를 그림자처럼 데리고 다닌다. 공부하기 싫어서, 또는 공부가 안 되거나 못해서, 라는. 각자가 품고 있는 꿈을 결코 헤아려 주지 않는 거다. 모든 길이 그저 공부로만 연결되고, 미래의 잠긴 문을 여는 열쇠도 오로지 성적뿐이라고 여기는 거다.

"내일 어머님 학교에 오시라고 해."

이거 왜 이러십니까? 다 큰 성인들끼리 사이좋게 대화로 해결하면 되지, 엄마는 왜 오라 가라 하시는지?

따지고 싶은 걸 누르며 나는 여전히 미소를 머금고서 물었다.

"어머님은 왜……?"

"몰라서 물어? 너하고는 도무지 말이 안 통하니까 그렇지."

그건 정말 아니다. 맏아들의 진로가 엄마에게는 전혀 예상치 못한 길로 바뀐, 그러나 3년 동안의 심사숙고 끝에 가장 행복해질 방향을 스스로 결정한 상황에 대해서라면, 다른 누구도 아닌 아들 본인에게 전말을 들어야 마땅한 거다. 디데이가 바로 내일인데 담임과 먼저 만나게 해서 엄마의 충격파를 극대화할 수는 없다. 어쩌면 엄마는 기절할지도 모른다. 어떻게든 최악으로 치닫는 것만은 막아야 한다.

"샘. 저희 어머님께서는 요즘 무척 바쁘십니다."

"가정주부가 뭐가 바빠?"

전국의 가정주부들 빡치게 하는 그 발언, 못 들은 걸로 하겠습니다.

"저희 할머니께서 알츠하이머를 앓고 계시거든요."

"뭐?"

"알츠하이머, 모르세요?"

나는 짐짓 의아한 표정을 지으며 태연하게 되물었다. 미심쩍은 얼굴로 쳐다보던 담임이 단숨에 제압됐다. 역시 진실의 힘은 숭고하다.

"그럼 이만."

일어나서 담임에게 머리를 숙였다. 돌아서는데 등으로 담임의 말이 가래침처럼 들러붙었다.

"연예인은 아무나 되는 줄 알아?"

연예인 되겠다고 한 적 없는데, 뭔 헛소리야. 배우가 되고 싶다는 소망을 연예인을 꿈꾸는 허황된 열망으로 치환해 버리는 저 단순함이라니. 저런 개소린 들었어도 못 들은 척 가뿐히 씹어 주는 게 상책이다. 나는 경쾌한 걸음으로 교무실을 나섰다.

"배우?"

그런 낱말은 태어나 처음 듣는다는 듯 엄마가 읊조렸다. 사태의 심각성을 아직은 파악하지 못한 게 틀림없다.

"응. 나는 배우가 되고 싶어. 무대에 서는 배우가 될 거야. 그게 내 꿈이야."

엄마 입이 스르르 벌어졌다. 엄마 곁의 아빠도 마찬가지였다. 나를 쳐다보는 수현이 시선이 뺨에서 생생히 느껴졌다. 나는 엄마만 간절히 바라보았다. 가장 넘기 힘든 산이자 가장 상처가 깊을 사람이 엄마라고 생각했기 때문이다.

"미쳤구나."

분노를 고스란히 담아 단정한 건 엄마였다.

"너……."

차마 말을 잇지 못하는 건 아빠였다.

"형!"

애원이 담긴 부름은 수현에게서 왔다.

"재현아. 너 성적이 생각만큼 안 나와 답답해서 그러는 모양인데, 과외 붙여 줄게. 엄마가 아주 좋은 선생들 찾아다가 과목별로 다 붙여 줄게. 지금 다니는 학원들보다는 훨씬 효과 있을 거야."

필사적인 엄마한테 나는 담담히 고백했다.

"학원은 그만뒀어."

"뭐라고?"

"작년 가을부터 연기 학원으로 옮겼어. 미안해, 엄마. 허락
도 없이 그래서. 근데 그럴 수밖에 없었어. 적어도 1년은 실
기 준비를 해야 하거든."

나는 경악으로 일그러지는 엄마 얼굴을 피하지 않고 바라
보았다. 각오는 되어 있었다. 아빠 얼굴은 잔뜩 굳어 있었다.

"엄마, 나는……."

"안 돼!"

엄마가 낮게 소리쳤다.

"재현아."

나를 부르는 아빠 음성은 그 어느 때보다도 묵직했다.

"형 진짜 왜 그래?"

어조만으로도 수현의 표정이 어떨지 알 수 있었다.

"넌 우리 집 장남이야. 뭐? 배우? 어림도 없어."

엄마는 내가 예상했던 대로 완강했다. 그렇지만 언제부터
우리 집에서 장남과 차남을 똑 떨어지게 구분했던가? 엄마의
새삼스러운 논리에 말려들 수는 없었다. 나는 엄마 눈을 보

며 차분히 대꾸했다.

"수현이 있잖아."

공부라면 수현이가 나보다 월등하게 잘하고, 라는 말은 굳이 덧붙이지 않았다. 사실이긴 하나, 이 시점에서 굳이 본질을 흐리는 말은 할 필요 없었다. 내 꿈이 그 부분에 영향을 받은 것은 아니므로.

어쨌거나 전교권에서만 노는 수현이는 공부가 체질인 녀석이니까, 앞으로도 엄마 아빠의 바람대로 착실히 걸어가 줄 것이다. 공부는 그런 애들이 해야 되는 거다. 공부가 적성인 애들. 미래의 길이 공부로만 통해 있는 아이들. 내 동생 수현이같이. 물론 그런 애들이 걸어갈 길을 우습게 여기거나 얕잡아 보는 것은 아니다. 그건 그저 그 애들에게 속한 세상일 뿐, 나는 나에게 열릴 세계로 들어가서 나답게 살고 싶은 거다.

내가 외아들이 아니라서 그나마 다행스럽다는 생각이 드는 순간, 엄마가 고개를 마구 저었다.

"안 돼. 안 돼. 절대 안 돼!"

울음 섞인 엄마 목소리가 내 마음에 아프게 와서 울렸다. 이렇게까지 안 될 일을 내가 선택한 것일까. 정말 그런 걸까. 조금 슬프기도 했다.

"엄마. 난 무대가 좋아."

"뭐……?"

"무대에 서면 행복해. 성적 때문에 이러는 거 아냐. 오래 생각해 왔어. 중3 때부터 다져 온 꿈이야. 무대 위에서 연기하는 거. 연극배우로 사는 거. 나는 내 꿈을 누리면서 살래. 엄마나 아빠가 바라는, 학교나 사회가 정해 준 길이 아니라 내가 선택한 꿈. 내가 행복해질 수 있는 꿈. 그렇게 살고 싶어, 나. 허락해 줘. 허락해 주지 않아도 이미 결심하고 선택해 버렸지만, 그래도 엄마하고 아빠가 허락해 줬으면 좋겠어. 받아들여 줬으면 좋겠어. 지지나 응원까지는 바라지도 않아. 그냥…… 나를 지켜봐 줘. 내가 내 꿈으로 걸어가는 모든 순간들을 바라봐 줘. 그래 줬으면 해. 부탁해."

고요해졌다. 내 안에 그런 말들이 살아 숨 쉬고 있었는지 나도 잘 몰랐지만, 가족들 앞에서 꺼내 놓으니 더욱 생생해졌다. 꿈과 행복이 떼려야 뗄 수 없는 관계, 분리 수술이 불가능한 샴쌍둥이처럼 느껴졌다.

"재현아."

아빠가 먼저 입을 열었다. 나는 벅찬 맘으로 아빠를 응시했다.

"일단 네 마음은 알겠다. 그런데, 세상이 네 생각처럼 그리

만만치가 않아. 너, 연극배우들이 얼마나 가난하게 사는지는 알아?"

가난 따위 두렵지 않다고 대답하고 싶었다. 그랬다간 철없는 소리 그만하라고 하겠지. 부족한 거 없이 자라서 뭘 몰라도 한참 몰라서 하는 소리라고 하겠지. 그리고 엄마는 아마 '돈'과 같은 현실적인 문제들을 데려와 나를 설득하려 들겠지.

돈이 삶의 모든 문제를 해결해 주지는 않는다고도 말하고 싶었다. 행복, 건강, 사랑, 우정, 희망……. 돈으로는 얻을 수 없는 것들이 너무나 많고 그것들이야말로 우리 인생에 궁극적인 꿈이자 목표가 아니냐고. 그렇지만 그렇게 열변을 토해 봐야 세상 물정 모르는 어린애 취급을 당하겠지. 엄마가 당장 학원비를 끊는다면 몰래 다녀 온 연기 학원을 그만둬야 할지도 모른다. 그럼 아르바이트를 해야겠…….

"이번 달부터 학원비 못 줘."

엄마의 선전포고였다.

"치사해."

나도 모르게 내뱉고 말았다. 방금 예측한 상황이고 그에 대비해 아르바이트를 계획했음에도 말이다.

"넌 아직 어려. 좀 더 깊이 생각해 볼 이유가 있어."

"3년 동안 생각해 왔다니까?"

"긴 인생에 비하면 3년은 아주 짧아."

"엄마, 나 지금 고3이거든?"

지금 길을 제대로 선택하지 않으면 다 헝클어진다고! 잘못 채운 첫 단추 때문에 내 인생 전체가 엉망이 되어 버릴 거라고!

"그래, 말 한번 잘 했다. 너 지금 고3이야. 1분 1초도 헛되이 써 버릴 수 없는 때라고. 그런데 뭐? 배우가 되겠다고? 안 돼. 안 될 일이야. 절대!"

후유, 원점으로 돌아왔다. 가족들을 감동시키기가 이다지도 힘들단 말인가. 내 연기력을 더 열심히 갈고닦아야겠다.

"아빠도 기본적으론 엄마랑 같은 생각이다. 좀 더 생각해 보자, 재현아. 나중에 너 분명 후회한다. 그때 가서 엄마 아빠 원망하지 말고, 지금 찬찬히 생각하자."

"나도 아빠 의견에 한 표. 다 늦게 사춘기가 닥친 것도 아니고, 이게 대체 무슨 상황이야? 형은 감정에만 치우치지 말고 좀 더 냉정해질 필요가 있다고 봐."

수현이까지 제법 의젓하게 마치 제가 형이라도 된 듯이 말했다.

"투표! 투표로 결정해."

엄마가 생기를 되찾았다. 수현이 말에서 결정적 힌트를 얻은 거다. 우리 가족이 가족회의를 통해 결론 내리곤 하던 것을 이제야 떠올린 거다. 아무리 그래도 그렇지, 이건 내 꿈에 관한 사항인데 다수결로 결정을 한다고? 어이가 없어 투덜거렸다.

"완전 불공평하잖아."

하나 마나 이미 3대 1인데, 라는 말은 안 해도 빤했다. 나는 소파에 등을 기대며 불만스레 팔짱을 꼈다. 그때 내 눈에 딱 들어온 것은 할머니 방이었다. 그래, 할머니가 계셨지! 할머니는 언제나 내 편이시니까 3대 2. 수현이를 잘만 구워삶는다면 2대 3으로 역전도 가능하다. 팔짱을 풀고 다시 반듯하게 앉아 엄마에게 제안했다.

"선거 운동할 기간은 주는 거지?"

엄마가 두 눈을 끔벅이며 되물었다.

"뭘 뽑는 것도 아닌데 무슨?"

"민주주의의 꽃인 투표를 기울어진 운동장에서 시작하라고? 그건 아니지, 엄마."

"기울어진 운동장?"

고개를 갸웃하는 수현에게 나는 형으로서 친절히 말해 주었다.

"나수현. 너는 학교에서 가르쳐 주는 것만 배우지 말고, 좀 더 다방면으로 공부할 필요가 있다고 봐. 나래처럼 책도 많이 읽고 말이야."

덤으로 찡긋, 윙크도 날렸다.

"일주일."

아빠가 말했다. 좀 빠듯하겠지만 집중한다면 불가능하진 않을 것이다. 수현이가 영 먹통인 녀석은 아니니까. 나는 기꺼이 찬성했다.

"콜."

"그래서, 수현이 포섭은 잘 되어 가고 있어?"

오늘까지의 이야기들을 듣고 난 태오가 흥미진진하다는 듯 물었다. 현재로선 수현이도 반쯤은 내 쪽으로 넘어온 상태다. 그래도 확실한 한 방이 있어야 한다. 나는 부러 눈가를 찡그리며 대답했다.

"잘 안 되고 있어. 녀석이 의외로 난공불락이야. 그래서 말인데, 네 도움이 필요해."

"나?"

"아니, 정확하게는 네 동생."

"나래? 나래가 어떻게?"

"수현이랑 나래랑 특별한 사이잖아. 그러니까 나래가 우리 수현이한테 영향력을 행사해 달라 이 말이지."

태오가 빙글 웃으며 받았다.

"나래가 수현이한테 영향을? 그 반대라면 모를까."

"무슨 소리야? 태오 너 나래를 과소평가하는 경향이 있어. 우리 수현이가 겉으로 표를 안 내서 그렇지, 나래를 얼마나 좋아하는데. 나래랑 톡할 때 보면 입가에 웃음이 가시질 않는다니까?"

"그 정도야?"

나는 힘주어 고개를 끄덕였다.

"그래. 태오 네가 나래한테 잘 좀 얘기해 줘. 우리 수현이가 귀중한 한 표를 반드시 나한테 던져 주도록."

"그거야 뭐 어려울 거 없지. 근데 재현이 너, 진심이야?"

"응?"

불현듯 혼란스러웠다. 진심, 이라는 말이 몰고 온 파장 때문이었다. 지금껏 소중히 숨겨 왔던 내 진짜 마음은 두 갈래. 하나는 나의 꿈, 또 하나는 나의 의지. 꿈이야 가족들과 친구들에게 당당히 공표할 수 있었지만, 의지는 아직 오지 않은 미래다. 어쩌면 영원히 만나지 못할 미래일 수도 있다. 꿈과는 달리 끝내 입도 못 떼어 볼 짝사랑으로만 남겨질 수도 있다. 그럼에도 '진심'이라는 점에서는 꿈과 이어져 있는 것.

"배우가 되고 싶다는 마음, 진심인 거냐고."

"공태오. 너까지 내 꿈의 순수성을 의심하냐?"

인상을 쓰며 대꾸하자, 태오가 내 어깨에 팔을 둘렀다.

"의심하는 게 아니라 걱정하는 거다, 인마."

"평생 가난하게 살까 봐?"

"좌절하게 될까 봐. 포기하고 쓰러져 버릴까 봐. 쓰러진 자리에서 버려진 꿈을 확인하게 될까 봐."

태오가 무슨 말을 하려는지 나도 안다. 태오 걱정처럼 어쩌면 내 꿈도 이루지 못한 짝사랑으로만 끝날지 모른다. 좌절하고 포기하고 버려진 꿈을 안타깝게 바라보는 순간이 찾아들지도. 그렇지만 오지도 않은 그 순간이 두려워 지레 물러서진 않겠다. 걱정을 풍선처럼 부풀리며 살아가진 않겠다. 그러기에는 내가 품은 진심이 너무도 찬란하니까. 영원히 짝사랑이어도 괜찮다. 꿈이든, 의지든, 지금은 행복한 진행형이니까.

"의지가 그러더라. 너 소질 있다고."

퉁, 가슴이 내려앉았다. 태오와 마주 보고 있지 않아 다행이었다. 나는 웃으며 장난스럽게 말했다.

"한의지 걔가 역시 보는 눈이 있네."

그렇지만 궁금했다. 의지가 어떤 근거로 그런 말을 했는지. 정말 그렇게 생각하는지. 묻고 싶은 걸 간신히 참았다. 의지한테 직접 듣고 싶었다.

"운명의 투표 날은 언제야?"

"모레."

"건투를 빈다."

태오가 내 어깨를 툭툭 두드렸다.

초스피드로 석식을 해치운 뒤 교실에서 가방을 챙겨 들고는 살금살금 학교 뒷문을 나설 때였다.

"몰래 탈출이냐?"

나는 귀에 익은 목소리를 향해 뒤돌아섰다. 나하고는 반대로 유유히 교문을 빠져나오는 영원이 보였다. 마술사가 꿈인 영원과는 2학년 때 같은 반이었다. 영원은 1학년부터 아버지를 따라 마술 공연을 다니곤 했는데, 학교에선 아예 유령 취급을 받았다. 혼자만의 꿈을 담고 살던 내게는 그런 영원이 편안해 보여 은근 부럽기도 했었다.

"오랜만이다."

내 앞으로 다가온 영원에게 나는 반갑게 인사를 건넸다. 영원이 내가 내민 손을 잡았다가 놓으며 말했다.

"소식은 들었다."

나는 겸연쩍게 웃었다.

"그새 너한테까지, 소문 한번 빠르네."

"멀쩡하게 공부만 하던 녀석이었잖아, 너."

웃음 섞인 영원의 말에 포함된 반어적 의미를 알아챘고 나 또한 웃음이 났다. 학교가 열렬히 지원해 주는 멀쩡한 놈들 틈에서 아웃사이더로 지금껏 잘 버텨 준 영원이 기특하게도 생각됐다. 나란히 걸으며 영원이 물었다.

"야자 째고 연기 학원 가는 거야?"

"응."

"부모님 허락은 못 받았구나."

야간 자율 학습에 빠져도 좋다는 부모님 동의서를 아직 제출하지 못했다. 내일이면 결정이 나겠지만, 우스꽝스런 가족 투표에 관해서는 영원에게 말하지 않았다. 영원이 아버지랑 둘이 산다는 얘길 들었던 기억이 나서였다.

"영원이 넌 마음고생은 안 했겠다."

"우리 아버지도 처음엔 엄청 반대하셨어."

"그래?"

의외라 좀 놀랐다. 같은 길을 가겠다는 아들을 흐뭇하게 밀어주는 줄만 알았던 것이다. 영원이 이렇다 할 설명 없이 흐릿한 웃음만 지었다. 짜식, 이럴 땐 꼭 대여섯 살은 더 먹은 형 같이 느껴진다니까.

버스 정류장에 이르렀다. 나는 영원 앞에 손을 올려 들었다.

"멀쩡하지 않은 놈들끼리 파이팅이나 하자."

영원이 웃으며 가볍게 하이파이브를 했다. 그러고는 갑자기 생각난 듯 점퍼 주머니에서 무언가를 꺼내 내 손에다 넘겨주었다.

"뭐야?"

"행운의 부적이랄까."

푸하, 웃음을 터뜨리는 내게 영원이 말했다.

"내가 제작한 마술 도구야."

"오올."

나는 내 손에 든 선물을 들여다보았다. 작고 투명한 육각형 플라스틱 통에 새끼손톱만 한 주사위들이 여러 개 들어 있었다.

"그 주사위들 감쪽같이 사라지게 할 수 있어."

"진짜?"

나는 플라스틱 통을 살짝 흔들어 보았다. 꼬마 주사위들은 흔들릴 때마다 제각각 숫자를 바꾸었지만 통 속에서 아주 사라지지는 않았다. 통의 3분의 1을 차지하는 검정 뚜껑 부분에 비밀이 숨어 있을 듯한데.

"원리는 안 가르쳐 줄 거지?"

"당연하지."

막 도착한 버스에 영원이 올랐다. 영원에게 손을 흔들었다. 차창 너머의 영원은 아까도 그랬듯이 어른처럼 웃어 보였다.

버스가 출발했다. 나는 다시금 플라스틱 통을 흔들어 보았다. 매번 달라지는 꼬마 주사위들의 조합이 수많은 경우의 수들을 나타내는 것 같았다. 달콤한 초콜릿 한 알을 입에 문 듯 기분이 좋아졌다.

학원을 나서니 늦은 밤이었다. 두 시간에 걸친 기초 체력 훈련과 스트레칭에 이어 연극 이론 강의와 끝나지 않을 듯한 독백 연습까지 마친 뒤였다. 집으로 가는 버스가 끊겨 전철을 탔다. 몸이 땅으로 꺼져 내리듯 무거웠다.

오늘도 원장 선생님께 쌍욕을 들었다. 못한다고 호되게 욕먹는 일이 하루 이틀이 아닌데도 오늘은 특히 울적했다. 발성부터 글러 먹었다는 소리가 조바심을 불러들였다. 좀 더 일찍 시작했어야 하는 것은 아닌지. 나한테는 정말 재능의

싹조차 없는 것은 아닌지. 얼토당토않은 꿈을 키우고 있는 것은 아닌지. 자꾸만 의기소침해졌다.

고개를 떨어뜨린 채 바닥만 보고 있을 때, 내 시야에 운동화를 신은 발 두 개가 나란히 모였다. 빈자리도 많은데 굳이 내 앞에 와서 서는 게 이상해 고개를 치켜들었다.

촤르르르 쏴아아.

귓가에 파도 소리가 밀려왔다.

"한의지……."

"이제야 알아보네. 좀 전엔 손짓해도 모른 척하더니."

이런 멍청이! 의지가 나한테 손짓까지 했는데도 몰랐다니.

"못 봤어. 미안."

이 시간에 전철 안에서, 같은 칸에 타고 있는 한의지와 만날 확률이 얼마나 될까. 영원이 녀석이 준 행운의 부적 덕분일지도. 실실 웃음이 나왔다.

"그렇게 웃으니까 좋잖아. 딱 나재현답고."

의지한테 딱 나재현다운 모습은 속없이 실실대며 웃는 것일까. 그래도 좋다. 괜찮다. 의지한테라면 얼마든지 웃어 보일 수 있다. 몸과 마음이 잔뜩 무거워도. 다른 날보다 유난히 힘겨워도. 내일이 불확실해도.

의지가 내 옆에 앉았다. 꼭 붙어 앉은 것도 아닌데 가슴이 뛰었다. 빈방에 단둘만 있는 것도 아닌데 마구 두근거렸다. 이런 순간은 처음이라 그런 것 같다. 곁눈질해 훔쳐본 의지는 평온했다. 입안이 마르고 손에 땀이 찼다. 머리도 하얘져서 할 말을 고르고 있는데, 의지가 턱으로 대각선 방향의 좌석을 가리키며 말했다.

"우리 엄마."

나는 화들짝 놀라 벌떡 일어섰다. 의지 엄마를 향해 꾸벅, 허리를 깊이 접어 인사했다. 의지 엄마가 웃으며 고개를 끄덕였다. 그러고는 이내 읽고 있던 책으로 눈길을 내렸다. 한영 작가를 이렇게 가까이에서 보는 것도 처음이다. 의지가 키득대며 내 옷자락을 잡아당겼고, 나는 다시 자리에 앉았다.

"학원에서 지금 오는 거야?"

"응. 너는?"

"엄마랑 연극 봤어. 연출하시는 분이 엄마 친구라서 뒤풀이도 같이 갔다가, 이제 돌아오는 길이야. 엄마가 술을 좀 마셔서 차는 버리고 왔지."

"그럼 너도 야자 쨌겠네?"

의지가 콩콩 끄덕였다. 눈웃음이 참 예뻤다. 바로 곁이어서 더. 쿵쿵쿵쿵, 심장이 바쁘게 뛰어 댔다. 나는 의지를 외면하고 앞을 보며 물었다.

"연극 좋아해?"

"응, 좋아해."

잠잠해지려던 파도 소리가 다시금 아련히 귓가를 채웠다. 연극이 아니라 너, 였으면. 나재현 좋아해, 였으면.

"어릴 땐 잘 모르고 엄마 따라서만 다녔는데, 이젠 좋아하게 됐어. 재미있어."

나한테도 그랬으면 좋겠다. 지금은 태오랑 잘 다니고 친하지만, 미래의 어느 때부터는 좋아하게 됐으면. 나를.

"너는 어때? 연기 배우는 거 재미있어?"

"응, 완전 재미있어."

"근데 아깐 왜 풀 죽어 있었어?"

"그랬나?"

"고개 뚝 떨어뜨리고선 땅만 열심히 팠잖아."

나는 멋쩍은 웃음을 지었다.

"말해 봐. 이 누나가 다 들어 줄게."

"뭔 소리야. 생일로 따지면 당연히 내가 오빤데."

"생물학적 나이 말고 정신 연령으로, 오케이? 문제가 뭐야, 나재현. 반대하는 부모님 때문에? 담임이 개 같아서? 학교에서 인간 취급 못 받게 돼서?"

"그런 문제들이야 의논해서 해결하고 무시해 버리고 신경 끄면 그만인데, 근원적인 의문이 생기려고 해서 말이야."

"근원적인? 어떤?"

"아무래도 나한테는 소질이 없는 게 아닌가, 하는."

아, 나재현. 고민 상담을 빌려서 의지의 속내를 확인해 보려 들다니. 가증스런 내 시도를 눈치라도 챈 것일까? 의지가 주먹 쥔 손으로 내 어깨를 꽁 때렸다.

"아야."

과장되게 아픈 척을 했다.

"야, 나재현. 너, 관순 언니 알지?"

"관순 언니? 그게 누군……, 엥? 유관순 말하는 거야?"

"그래, 우리들의 영원한 언니."

"영원한 누나지."

"그건 지극히 남자 중심적인 호칭이잖아. 지금껏 쭉 그렇게만 불려 왔으니까, 이제부턴 바꿀래."

"하하하. 뭐 그러시든가. 근데 갑자기 옛날 언니는 왜 호출해?"

"우리의 관순 언니가 태극기를 높이 들고 대한 독립 만세를 외치며 거리로 나섰을 적에, 난 원래 독립운동에 어마어마하게 소질이 있어! 이럼서 시작했던 건 아닐 텐데?"

풋, 웃음이 났다. 난데없이 유관순을 끌어오는 것도, 이야기를 이런 맥락으로 이어 가는 것도 의지답다. '사과를 주세요'로 온 학교를 즐겁게 뒤집어 놓았던 의지한테서나 나올 수 있는 얘기다.

"짝사랑 같지?"

화살처럼 파고드는 의지의 물음에 내 가슴 속에서 퉁, 소리가 울렸다. 나는 의지를 쳐다볼 수도, 무엇이든 대답하려 입을 열 수도 없었다.

"배우가 되고 싶다는 꿈 말이야."

나는 겨우 숨을 내쉬었다. 의지가 조곤조곤 말을 이었다.

"난 소질도 없는 것 같고, 주변에선 다들 반대만 하고, 재미는 있지만 과연 이뤄지기나 할까 싶고, 그러니까 내가 지금 공연한 짝사랑만 하고 있는 거 아닌가, 의심스러운 거 아니냐고."

내 속을 환히 들여다보고 어루만져 주는 것만 같아 마음이 뭉클해졌다.

"관순 언니는 그때 열여섯 살이었대."

"우리보다 어렸네."

"그치."

지금의 우리보다 세 살이나 어렸던 유관순을 의지가 내 앞

에 데려다 놓는 까닭을 알겠다. 고작 열여섯 나이에도 의지
말마따나 소질 따위 개의치 않고서 목숨 걸고 대한 독립 만
세를 외쳤던 우리들의 영원한 누나, 아니 언니.

그러고 보면 내가 배우의 꿈을 최초로 품었던 나이도 열여
섯이었다. 친구 따라 들어갔던 영화 동아리에서 단편 영화를
만들며 처음 맛보았던 두근거림. 소질이나 재능 같은 건 안
중에도 없이 무모하리만큼 찬란한 희망으로 가득 찼던 나날
들. 그럼 나는 '꿈 독립 만세'를 마음 깊이 다짐해야 할까 보
다.

"한의지 덕분에 꿈 에너지 백 퍼센트 충전."

고맙다는 말이었다. 의지가 상큼하게 웃었다.

드디어 가족 투표를 하는 날.

할머니를 모시고 공원으로 산책 나간 아빠와 수현이를 마
중하러 가려는데, 집으로 손님들이 우르르 들이닥쳤다. 전부
엄마 친구분들이었다. 엄마가 의기양양한 얼굴로 친구들을
맞이했다.

"어서들 와."

나도 모르게 수를 세고 있었다. 자그마치 여섯. 흠, 그러니
까 여론전으로 나가시겠다? 그것도 투표 당일에? 엄마의 속

셈을 간파한 나는 친구들을 뒤따라 들어가려는 엄마를 잡아챘다.

"이건 반칙이지, 엄마."

"어째서?"

"가! 족! 투표잖아."

"그래서?"

"그래서는 무슨 그래서. 친구한테는 어차피 투표권도 없다고."

"미안해서 어쩌나. 우린 의자매들인데."

나는 입을 헤벌렸다. 엄마가 이렇게 나올 줄은 몰랐다. 일주일 내내 나한테는 말도 잘 안 붙이더니만, 이런 꼼수를 마련해 두고 있었을 줄이야.

"말도 안 돼."

"너야말로. 답답한 엄마 심정 이제 알겠지?"

"그거랑은 경우가 다르지. 그리고 엄마한테 언제부터 의자매가 있었다고 그래?"

"오늘부터."

얄밉게 대꾸하고는 엄마가 거실로 들어가 버렸다. 소파를 차지하고 앉은 엄마의 '의자매'들이 나를 보곤 작정이라도 한 듯 포문을 열었다.

"오랜만이다, 재현. 근데 너 키가 중학교 때 그대로다?"

"그러게. 얼굴은 더 통통해졌고. 몸에도 살집이 붙은 것 같은데?"

"어머머, 저 뱃살 좀 봐. 재현이 너 그러다 오뚝이 되겠다."

"관리 좀 해야겠다, 얘."

"태성중 최고의 스타 나수현이랑은 영 딴판이잖아."

"형제간에 편차가 심해도 너무 심한 거 아냐?"

와하하하, 깔깔깔깔, 왁자한 웃음소리가 집안을 메웠다. 다른 때 같았으면 귀한 내 아들 외모 갖고 트집 잡지 말라고 반박을 열 번도 더 했을 엄마가 추임새까지 넣어 가며 열심히 동조 중이었다.

중3 때보다 무려 5센티미터나 컸고, 얼굴은 통통해진 게 아니라 수면 부족으로 조금 부은 거고, 뱃살은 자세히 봐야 아주 조금 있을까 말까고, 돼지보다는 오뚝이가 낫고, 나수현이 태성중 시절에 스타였다는 건 인정. 그렇지만 엄연히 태성고 소속이 된 지금은 해당 안 된다는 말씀.

이렇게 조목조목 되짚어 주려다 참았다. 쪽수에서 밀리고 말발로도 당하기 어려우니 일단 후퇴. 믿을 사람은 역시 피를 나눈 형제밖에 없는 건가? 나는 수현에게 냉큼 문자를 날렸다.

- 구조 요청! 하나뿐인 형이 지금 칠 자매에게 마구 인신공격을 당하고 있음.

수현에게서 이내 답장이 왔다.

- 칠 자매가 뭐야?

시도 때도 없이 진지한 녀석 같으니라고. 핵심은 인신공격에 있거늘. 엄마 친구들의 말을 수현에게 일일이 옮기려다 말았다. 아마 수현이는 팩트 폭격이라며 웃어 댈지도.

- 쓸데없는 학구열 발동시키지 말고 빨리 들어오기나 하셔.
- 베란다로 나와 봐.
- 베란다는 왜?
- 나와 보면 알아.

나는 엄마의 입 걸은 의자매들을 당당히 스쳐 지나 베란다로 나섰다.

"헉!"

감동의 물결이란 말은 이럴 때 써야 한다. 글자 그대로 감동의 물결이 아래의 광장에서 6층 우리 집까지 휘몰아쳐 올라와 나를 휩쌌다. 나는 말을 잃었다.

우리 집을 올려다보는 광장에 줄지어 모여 선 아이들은 태오와 의지, 나래와 수현, 태오의 사촌 동생들인 이유와 해밀, 그리고 처음 보는 웬 남자애까지 모두 일곱. 다들 손에 손에 플래카드를 들고 있었다. 색색의 플래카드에 적힌 큼직한 문구들은 이랬다.

나재현에게 한 표를!
국민 배우 나재현 파이팅!
우주 대스타 나재현 ♡
너의 짝사랑을 응원해
짝사랑 만세!

"세상에……. 저게 다 뭐야?"

어느새 내 옆으로 나온 엄마가 광장을 내려다보며 기가 막힌다는 듯 중얼거렸다. 나는 왠지 으쓱해져서 대꾸했다.

"뭐긴 뭐야. 나재현 의남매들이지."

양손에 펼쳐 든 플래카드들이 보란 듯이 씩씩하게 흔들렸다. 그중에서도 의지가 높이 치켜든 '짝사랑 만세'가 유독 내 눈에 들어왔다. 아니, 내 마음에.

"반칙이지, 저건."

"엄마가 먼저 시작했거든?"

아빠 곁에서 구경하고 있던 할머니가 수현이와 나래 사이를 비집고 들어갔다. 나래가 할머니한테 플래카드를 양보했다. 플래카드를 신나게 흔들어 대는 할머니 얼굴이 어린아이처럼 환했다. 나도 활짝 웃으며 할머니와 아이들에게 두 손을 들어 응답해 주었다.

"그럼 슬슬 투표를 시작해 볼까?"

현재 예상 득표는 8대 8. 캐스팅 보트는 내게 있다. 내 꿈의 선택권은 내가 쥐고 있는 거다. 나, 나재현.

친구들의 오늘이 행복하기를 기원하며

우리 집 베란다에도 태오네 집처럼 지금껏 노란 리본이 묶여 있습니다. 소중한 이들이 물 위의 세상으로, 가족들 품으로 모두 돌아올 때까지만 묶어 두려고 했는데…….

시간은 속절없이 흘러, 커다란 배가 뭍으로 올라오고도 아직 돌아오지 못한 사람들이 있습니다. 노랗게 늘어뜨린 리본은 이제 베란다의 일상 풍경이 되어 버렸습니다. 날마다 조금씩 햇빛에 바래어 가는 리본의 빛깔처럼 우리 마음속 기억들도 점점 엷어지겠지요.

엷어진다고 아주 사라지는 것은 아닐 겁니다. 자주 입에 올리지 않는다고 없었던 일이 되는 건 아니듯이 말이에요. 다들 자기만의 방식으로 애도하고 기억하며 살아가는 거라 생각합니다. 서로 조금 다를 뿐입니다. 그러므로 해밀 같은 친구도 의지 같은 친구도 따뜻이 안아 주고 싶습니다.

첫 청소년소설집을 엮으면서 다섯 편의 이야기를 아우르는 표제를 고민하다 『데이트하자!』로 정했습니다. 이야기 속 친구들과 즐겁게 만나 보자는 권유인 셈이지요. 데이트라는 건 상대가 누구든 설렘과 기쁨을 동반하잖아요.

아마 저는 이렇게 살아도 괜찮다는 말을 건네고 싶었나 봅니다. 우리 친구들에게, 부모님과 선생님을 비롯한 어른들에게, 우리가 모르는 세상 저 어딘가에는 이런 친구들도 있다고, 그러니 살짝 삐딱해지는 걸 두려워만 하지는 말라고 말해 주고 싶었나 봅니다.

우리 친구들이 살아갈 미래는 지금까지와는 사뭇 다른 세계일 거라 믿거든요. 꼭 그래야만 한다고 간절히 꿈꾸거든요.

친구들의 이름을 하나씩 불러 봅니다.

의지, 태오, 나래, 수현, 이유, 강주, 해밀, 재현.

잠시 스쳐 간 영원과 유대 형도 빼먹으면 서운하겠죠?

각각의 친구들과 다섯 번의 데이트를 마치고 난 뒤, 아쉬운 마음이 들었으면 좋겠습니다. 뒷이야기를 마음껏 상상해 보았으면 좋겠습니다. 이따금 친구들의 안부가 궁금해졌으면 좋겠습니다.

책 속의 여러 친구들이 어떤 모습으로 살아갈지 충분히 짐작이 된다고요? 그런데 강주 이야기는 여전히 궁금하다고요? '어떻게 살고 싶은지'에 대해 이유는 강주한테서 대답을 들었겠지요? 강주가 과연 어떤 말을 했을지 저도 궁금합니다.

어쩌면 우리 곁에는 수많은 '강주'들이 살고 있을 테지요. 그 애의 말에 한번쯤 귀 기울여 보면 어떨까요? 먼저 다가가 다정히 물어봐 주는 건 어떨까요?

너는 어떻게 살고 싶니?

네가 꿈꾸는 미래는 어떤 빛깔이니?

너의 오늘은 행복했니?

제 가슴에서 태어난 친구들이 세상의 친구들과 만날 수 있도록 도와주신 〈푸른책들〉 가족들에게 감사드립니다. 외롭고 힘든 친구들의 편에 서서 오늘도 부지런히 글을 쓰고 있을 작가님들께 경의의 박수를 보냅니다. 이제 청년이 된 아들 현수에게도 소곤소곤 속삭입니다.

엄마는 언제나 너를 응원해.

세상 모든 친구들의 오늘이 행복하기를 기원하며 정겨운 웃음을 담아 묻습니다.

데이트는 즐거웠나요?

2018년 1월
진 희

진 희

2011년 제19회 MBC창작동화대상에 장편동화가, 제9회 푸른문학상에 단편동화가 각각 당선되어 등단했다. 2015년 제13회 푸른문학상에 단편청소년소설 「사과를 주세요」가 당선되며 청소년소설도 쓰기 시작했다. 지은 책으로 동화 『엄지』, 『나만 그래요?』, 청소년소설 『첫눈이 내려』, 『데이트하자!』, 『너를 읽는 순간』 등이 있다. 특히 『데이트하자!』는 학교도서관저널 추천도서, 아침독서 추천도서, 울산남부도서관 올해의 책 등으로 선정되며 많은 호응을 얻었다. 그리고 후속작 『너를 읽는 순간』은 한국문화예술위원회 문학나눔도서, 어린이도서연구회 청소년 추천도서, 아침독서 추천도서로 선정되었다.

푸른도서관

푸른도서관은 '10대에서 20대까지' 눈부신 성장을 거듭하는
'푸른 세대'를 위한 본격 문학 시리즈입니다.
당대 청소년들의 현실을 생생하게 반영한 성장소설과
다양한 시대상을 반영한 역사소설,
청소년시집 그리고 흥미진진한 판타지에 이르기까지
국내 작가들이 공들여 창작한 감동적인 작품들을
푸른도서관에서 더 만나 보세요!

16. 초원의 별 강숙인 지음

마의태자를 주인공으로 한 『마지막 왕자』의 후속작. 사라져 버린 나라를 그리워하던 주인공 새부가 광활한 만주 대륙에서 아버지의 꿈을 이루는 과정을 흥미진진하게 그리고 있다.

★동화읽는가족 추천도서

18. 쥐를 잡자 임태희 지음

원치 않는 임신을 한 여고생의 이야기로 성에 대해 여전히 취약한 우리 청소년의 현실을 돌아보고 위험성을 인식하게 만든다. 동시에 대책 마련이 시급하다는 사실을 새삼 일깨운다.

★제4회 푸른문학상 수상작 ★아침독서 청소년 추천도서 ★어린이도서연구회 청소년 권장도서

19. 바람의 아이 한석청 지음

우리나라 아동청소년문학 최초로 발해를 소재로 한 장편역사소설. 고구려 멸망 뒤 옛 고구려 지역에 살던 이들의 비참한 삶과 나라를 되찾고자 하는 투쟁을 생생하게 그려 냈다.

★한우리독서토론논술 필독도서 ★책읽는교육사회실천협의회 추천도서

21. 리남행 비행기 김현화 지음

봉수네 가족이 북한을 탈출해 리남행 비행기에 오르기까지의 여정이 긴장감 있게 그려져 있다. 온갖 역경 속에서도 인간애와 가족애를 잃지 않는 모습이 진한 감동을 선사한다.

★제5회 푸른문학상 수상작 ★책따세 추천도서 ★한국문화예술위원회 우수문학도서

22. 겨울, 블로그 강미 지음

자신만의 길을 찾아가는 청소년들이 종횡무진 활동하는 네 편의 작품을 담았다. 청소년들의 일상을 정확하고 섬세하게 묘사하여 그들이 나아갈 수 있는 길을 오롯이 보여 준다.

★문화체육관광부 우수교양도서 ★아침독서 청소년 추천도서 ★한국출판인회의 선정 이달의 책

23. 네가 하늘이다 이윤희 지음

1894년 동학 농민 운동을 배경으로 새로운 세상을 꿈꾸었지만 결국 이름조차 남기지 못하고 스러져 간 농민군의 이야기를 감동적으로 그려 낸 대하역사소설.

★아침독서 청소년 추천도서 ★한국어린이문화대상 수상작

24. 벼랑 이금이 지음

원조 교제, 첫 키스, 협박, 폭력……. 거친 현실의 이면에 감춰진 청소년들의 내면을 섬세하게 다루고 있는 이금이 작가의 연작청소년소설.

★한국문화예술위원회 우수문학도서 ★아침독서 청소년 추천도서 ★네이버 북리펀드 선정도서

25. 뚜깐뎐 이용포 지음

서기 2044년, 한국에서 영어 공용화 법안이 통과된 뒤 영어가 일상어로 자리를 잡은 때와 한글이 박해를 받던 연산군 시절을 오가며 현대인들에게 진지한 성찰의 기회를 제공한다.

★아침독서 청소년 추천도서 ★대한출판문화협회 올해의 청소년도서 ★〈중앙일보〉 선정 이달의 책

26. 천년별곡 박윤규 지음

천 년의 시간을 애증과 그리움으로 버틴 주목나무의 이야기를 절제된 감성으로 그린 작품. 시 형식을 차용한 소설인 '시소설'이란 신선한 장르에 애절한 정서를 잘 녹여 냈다.

★한우리가 선정한 좋은 책

27. 지귀, 선덕 여왕을 꿈꾸다 강숙인 지음

지귀 설화 속에 숨어 있는 선덕 여왕 이야기를 담은 역사소설. 지귀와 선덕 여왕, 김춘추와 김유신 등 시대의 격랑에 휘말린 이들의 삶과 사랑이 독자들의 가슴속에 파고든다.

★책따세 추천도서 ★네이버 북리펀드 선정도서 ★아침독서 청소년 추천도서

28. 청아 청아 예쁜 청아 강숙인 지음

〈심청전〉을 현대적으로 재해석한 소설. 새로운 시각의 심청과 서해 용왕 그리고 그의 아들을 등장시켜 '보이지 않는 사랑 이야기'를 통해 참다운 사랑의 의미를 되새기게 한다.

★ 한국출판인회의 선정 이달의 책 ★ 중앙독서교육 선정도서

30. 사라지지 않는 노래 배봉기 지음

세계적 미스터리의 하나인 이스터 섬 모아이 석상의 비밀을 소재로 인간의 파괴적 욕망과 그것을 극복했을 때 찾을 수 있는 평화를 보여 준다.

★ 문화체육관광부 우수교양도서 ★ 네이버 북리펀드 선정도서 ★ 국립어린이청소년도서관 추천도서

31. 김홍도, 조선을 그리다 박지숙 지음

김홍도의 그림을 통해 그의 삶을 다룬 연작으로, 작가 특유의 상상력과 깊이 있는 통찰력으로 '인간 김홍도'의 삶을 생생하게 되살려낸 본격 역사소설이다.

★ 문화체육관광부 우수교양도서 ★〈소년조선일보〉추천도서 ★ 아침독서 청소년 추천도서

32. 새가 날아든다 강경규 지음

한국 전쟁을 직접 경험한 세대가 전쟁과 분단과 이산이라는 문제를 다른 시각에서 조명한 작품. 역사의 굴곡을 넘어 당대의 사람들이 더불어 살아가는 이야기를 일곱 편의 소설에 담았다.

★ 아침독서 청소년 추천도서

34. 밤나무정의 기판이 강정님 지음

1950년대를 배경으로 소년 기판이의 각별하고도 애틋한 성장과 모험과 죽음을 다룬 이야기. 작가 특유의 입담과 사투리에 실린 당시의 일상과 풍속이 눈앞에 생생하게 되살아난다.

★ 한국문화예술위원회 우수문학도서 ★ 대한출판문화협회 올해의 청소년도서 ★ 아침독서 청소년 추천도서

35. 스쿠터 걸 이은 지음

질풍노도의 시기인 청소년기의 한복판에 서 있는 열다섯 살 중학생들을 본격적으로 등장시킴으로써 중학생들의 삶을 밀도 있게 그려 낸 청소년소설집.

★ 한국간행물윤리위원회 우수청소년저작 당선작 ★ 학교도서관저널 추천도서

36. 우리 반 인터넷 소설가 이금이 지음

거짓이 휘두르는 보이지 않는 폭력에 '진실'이 어떻게 왜곡되고 유배되는지를 청소년들의 생생한 세태 묘사와 치밀한 구성을 바탕으로 보여 준다.

★ 네이버 북리펀드 선정도서 ★ 학교도서관저널 추천도서 ★ 국립어린이청소년도서관 추천도서

37. 열네 살, 비밀과 거짓말 김진영 지음

습관적인 도둑질에 빠져들면서 비밀과 거짓말이 늘어나게 된 평범한 열네 살 소녀 하리가 다시 삶의 진실을 찾아가는 성장소설.

★ 한국간행물윤리위원회 청소년 권장도서 ★ 문화체육관광부 우수교양도서

38. 허황옥, 가야를 품다 김정 지음

먼 바다를 건너 가야로 온 인도 아유타국 공주 허황옥의 삶을 조명하면서, 철을 바탕으로 국제 무역의 중심지로 자리했던 가야의 역사를 생생히 전하는 역사소설이다.

★ 학교도서관저널 추천도서 ★ 대한출판문화협회 올해의 청소년도서

40. 그래도 괜찮아 안오일 지음

현실의 부정과 좌절에 길항하는 청소년들의 고민을 진정성 있게 담아낸 청소년시집. 청소년들이 지닌 '생기'를 유감없이 보여 주며 긍정과 희망의 메시지를 전한다.

★ 한국간행물윤리위원회 우수청소년저작 당선작 ★ 한국문화예술위원회 우수문학도서

42. 조생의 사랑 김현화 지음

조선시대를 배경으로 청년 '조생'이 청나라에 파견되는 연행사로 길을 떠나 사랑과 우정, 정의, 신념 등 삶의 진리를 깨달아가는 과정을 그린 청소년 역사소설.

★ 서울시교육청 남산도서관 사서 추천도서 ★ 〈아침햇살〉 선정 좋은 청소년책

43. 아버지, 나의 아버지 최유정 지음

위탁가정에 맡겨진 열여섯 살 연수가 자신의 친아버지를 찾아 떠나는 여정을 통해 진정한 자아 정체성을 확립해 가는 과정을 밀도 있게 그렸다.

★ 한국문화예술위원회 우수문학도서 ★ 〈아침햇살〉 선정 좋은 청소년책

44. 타임 가디언 백은영 지음

타임 슬립이라는 장치를 통해 개인과 사회에서 일어나는 현실의 문제들을 조명하는 본격 청소년 SF소설. 시공간을 뛰어넘는 구성과 예측할 수 없는 독특한 상상력을 맛볼 수 있다.

★ 〈아침햇살〉 선정 좋은 청소년책

45. 분청, 꿈을 빚다 신현수 지음

고려 최고의 사기장의 아들인 강뫼가 왜구 침입과 왕조의 변혁 등 극한 시대 상황 속에서 분청사기를 만들기까지의 과정을 흡인력 있게 그린 역사소설.

★ 대한출판문화협회 올해의 청소년도서 ★ 아침독서 청소년 추천도서

47. 악어에게 물린 날 이장근 지음

현직 중학교 교사인 시인이 청소년과 함께 호흡하면서 체험한 담백하고 직설적인 언어가 공감을 불러온다. 청소년들 질풍노도가 마음껏 활개 칠 수 있도록 기운을 북돋는 청소년시집.

★ 책따세 추천도서 ★ 대한출판문화협회 올해의 청소년도서 ★ 어린이도서연구회 청소년 권장도서

48. 찢어, Jean 문부일 지음

아르바이트, 집단 따돌림 등 청소년들이 공감할 수 있는 일곱 편의 이야기가 담겼다. 현실에 갇혀 사는 청소년들의 일탈을 유쾌하면서도 진정성 있게 담았다.

★ 아침독서 청소년 추천도서 ★ 한국문화예술위원회 우수문학도서

49. 불량한 주스 가게 유하순 외 지음

실수와 시행착오를 반복하다가 돌연 성장의 분기점을 지나는 청소년들의 '오늘'을 포착했다. 좌절과 반성의 언어조차 싱그러운 청소년들을 응원하게 만드는 네 편의 단편소설 모음.

★ 제9회 푸른문학상 수상작 ★ 아침독서 청소년 추천도서 ★ 네이버 북리펀드 선정도서

50. 신기루 이금이 지음

엄마와 엄마 친구들과 함께 몽골 사막 여행을 떠난 열다섯 다인이가 보낸 6일간의 여정을 통해 또 다른 생명의 고리로 순환되는 모녀 관계에 대한 고찰을 여행기 형식으로 그렸다.

★ 네이버 북리펀드 선정도서 ★ 서울시립어린이도서관 추천도서 ★ 아침독서 청소년 추천도서

51. 우리들의 매미 같은 여름 한 결 지음

섭식장애를 앓고 있는 모녀, 성추행, 보이콧 등 청소년들이 겪는 지독하게 뜨겁고 아픈 이야기가 담겨 있다. 청소년들이 자신 그리고 세상과 화해하는 여정을 솔직담백하게 그렸다.

★ 한국문화예술위원회 우수문학도서 ★ 네이버 북리펀드 선정도서

52. 모래시계가 된 위안부 할머니 이규희 지음

일본군 위안부로 끌려가 꽃다운 처녀 시절을 유린당한 황금주 할머니의 실제 이야기를 김은비라는 소녀의 이야기와 엮어 액자 형식으로 쓴 소설로, 일본어로도 번역 출간되었다.

★ 국제펜문학상 수상작 ★ 학교도서관저널 추천도서 ★ 경기도교육청 추천도서

53. 까레이스키, 끝없는 방랑 문영숙 지음

소련의 강제 이주 정책으로 시베리아 횡단 열차를 탔던 17만여 명의 까레이스키들의 고난과 역경, 도전과 설움을 절절하게 그린 역사소설이다.

★한국문화예술위원회 우수문학도서 ★아침독서 청소년 추천도서 ★한우리가 선정한 좋은 책

54. 나는 랄라랜드로 간다 김영리 지음

기면증을 앓는 소년과 그의 가족이 게스트하우스를 사수하기 위해 펼치는 소동을 재기 발랄하게 그렸다. 절망 속에서도 웃으며 싸울 줄 아는 청춘의 싱그러운 맨얼굴이 돋보인다.

★제10회 푸른문학상 수상작 ★아침독서 청소년 추천도서 ★한국문화예술위원회 우수문학도서

56. 눈썹 천주하 지음

암에 걸려 1년 4개월 동안 치료를 받던 열일곱 살 소녀가 일상으로 돌아온 뒤의 이야기를 담고 있다. 가족과 친구, 일상이 얼마나 가치 있는 것인지를 새삼 깨우쳐 준다.

★국립어린이청소년도서관 사서 추천도서 ★한국문화예술위원회 우수문학도서 ★아침독서 추천도서

57. 나는 지금 꽃이다 이장근 지음

청소년들의 삶을 제대로 들여다보고 마음을 헤아리는 시 창작 과정을 통해 나온 본격적인 청소년을 위한 시로, 삶이 점점 피폐해지고 있는 청소년들의 마음을 어루만져 준다.

★문화체육관광부 우수교양도서 ★어린이도서연구회 청소년 권장도서 ★학교도서관저널 추천도서

58. 우리들의 사춘기 김인해 지음

겉으로 잘 드러나지 않는 소년들의 감성을 날카롭게 포착하여 진솔하고 강렬하게 그려낸 '소년들을 위한' 소설집. 표제작을 비롯한 여섯 편의 단편청소년소설을 담고 있다.

★국립어린이청소년도서관 사서 추천도서 ★한국문화예술위원회 우수문학도서

59. 여우 소녀 미랑 김자환 지음

조선시대 임진왜란 발발 즈음의 여수 지방을 배경으로, 구미호에게 아버지를 잃은 묘남과 구미호의 딸 여우 소녀 미랑의 애틋한 사랑 이야기를 담고 있다.

★새벗문학상 수상작가

60. 얼음이 빛나는 순간 이금이 지음

아이와 어른의 경계에서 몸살을 앓던 두 소년이 5년 뒤 전혀 다른 풍경을 띠게 된 각자의 삶을 응시한다. 우연으로 시작해 선택으로 이루어지는 인생의 내밀한 진실을 담았다.

★윤석중문학상 수상작가 ★학교도서관저널 추천도서

61. 택배 왔습니다 심은경 지음

질풍노도를 겪는 청소년과 그의 가족, 친구, 사회의 풍경을 그린 여섯 편의 단편청소년소설. 건강하게 자립하고 따뜻하게 소통할 줄 아는 인물들의 모습에서 희망을 엿볼 수 있다.

★한국문화예술위원회 우수문학도서 ★학교도서관저널 추천도서 ★아침독서 청소년 추천도서

63. 나에게 속삭여 봐 강숙인 지음

어느 날 갑자기 죽음을 맞이한 열일곱 살 소년 서준과 혼령의 기를 느끼는 소녀 아리 그리고 서준의 쌍둥이 여동생 유주가 각자의 방법으로 성장해 나가는 청소년 판타지소설.

★윤석중문학상 수상작가 ★학교도서관저널 추천도서

64. 아버지의 알통 박형권 지음

촌스러운 아빠와 바닷가 마을에 살게 되면서 정직하게 일하는 사람들을 만나며 한층 성장해 가는 주인공의 이야기가 유쾌한 감동을 선사한다.

★한국안데르센상 수상작가

65. 나는 나다 안오일 지음

청소년들에게 자신의 꿈이 무엇인지 알게 해 주어 스스로 자신의 삶에 당당하게 맞서는 모습을 보고 싶다는 작가의 바람을 담은 청소년시 57편이 실려 있다.

★제8회 푸른문학상 수상작가

66. 순희네 집 유순희 지음

순희네 집에 얽힌 가슴 아프지만 따뜻한 이야기와 성장통을 겪는 순희의 모습을 작가 특유의 섬세한 문장 안에 담아낸 자전적 소설이다.

★제14회 MBC 창작동화대상 수상작 ★제8회 푸른문학상 수상작가 ★한국출판문화산업진흥원 선정 세종도서

67. 첫 키스는 엘프와 최영희 지음

제11회 푸른문학상 수상작가의 첫 청소년소설집으로, 미래에 대한 압박감에 갇혀 십 대 시절을 보내는 오늘의 청소년들에게 부치는 편지 같은 소설 여섯 편을 묶었다.

★제11회 푸른문학상 수상작가 ★아침독서 청소년 추천도서 ★어린이도서연구회 청소년 권장도서

71. 우리는 가족일까 유니게 지음

5년 만에 엄마의 부고와 함께 미국에서 돌아온 동생으로 인해 방황하는 열일곱 살 소녀의 성장기를 그렸다. 고통스러운 시간을 함께 이겨 내는 가족의 소중함을 다시금 일깨워 준다.

★한국출판문화산업진흥원 선정 세종도서 ★서울시교육청 어린이도서관 청소년 권장도서

73. 신라 공주 파라랑 김 정 지음

고대 페르시아 서사시 「쿠쉬나메」의 시공간을 배경으로 한 역사소설. 낯선 이국 땅 페르시아로 건너가 사랑으로 고난을 극복하는 신라 공주 파라랑의 삶은 희망이라는 인간 본연의 메시지를 전한다.

★제1회 푸른문학상 수상작가 ★학교도서관저널 추천도서

74. 옥상에서 10분만 조규미 지음

제10회 푸른문학상 수상작가의 첫 청소년소설집으로, 관계 속에서 사소한 말이나 장난이 큰 사건이 되어 돌아왔을 때 겪게 되는 고민과 갈등을 섬세하게 다룬 소설 다섯 편을 묶었다.

★제10회 푸른문학상 수상작가 ★아침독서 청소년 추천도서 ★학교도서관사서협의회 추천도서

75. 별에서 별까지 신형건 지음

지난 30여 년간 아이들과 어른들 모두에게 사랑받는 동시를 써 온 시인의 작품 중 특별히 청소년들에게 공감을 살 만한 시들을 골라 엮었다. 자극적이지 않은 언어로 마음을 어루만지는 청소년시집.

★대한민국문학상 수상작가 ★한국출판문화산업진흥원 청소년 권장도서

76. 뱅뱅 김선경 지음

어른들은 몰라서 더 재미있는 진짜 우리 이야기, 지금 청소년들의 속마음을 거침없이 그려 낸 개성 강한 청소년시집. 긴 방황의 끝에서 진정한 자신을 찾기를 바라는 시인의 바람이 담겼다.

★어린이도서연구회 청소년 권장도서 ★아침독서 청소년 추천도서 ★학교도서관사서협의회 추천도서

77. 우리들의 실연 상담실 이수종 지음

실연 극복 프로젝트에 참가하는 다섯 명의 아이들이 서로를 보듬으며 사랑의 아픔을 극복하는 과정을 담았다. 청소년들의 마음결을 다독이는 위로의 목소리는 다시 사랑할 에너지를 불어넣는다.

★제12회 푸른문학상 수상작가 ★학교도서관사서협의회 추천도서

78. 연애 세포 핵분열 중 김은재 지음

꽃보다 아름다운 열일곱 살 청춘들이 진정한 사랑을 찾기 위해 나섰다. 아름다운 사랑을 꿈꾸지만, 사랑에 서툴러 좌충우돌, 고군분투하는 청소년들의 성장을 그린 여섯 편의 청소년소설을 한데 엮었다.

★제13회 푸른문학상 수상작가 ★학교도서관저널 추천도서 ★아침독서 청소년 추천도서

79. 데이트하자! 진희 지음

옴니버스 형식으로 구성된 다섯 편의 단편으로 이야기의 구조적 완결성과 섬세한 심리 묘사가 뛰어나다. 청소년 특유의 발랄한 일상과 그 안에 깃든 고민, 성장통을 따뜻한 시선으로 담아냈다.

★제13회 푸른문학상 수상작가 ★학교도서관저널 추천도서 ★울산남부도서관 올해의 책

80. 세 번의 키스 유순희 지음

현대 미디어의 중심이 된 '아이돌'과 그들의 일거수일투족을 놓치지 않으려는 '사생팬'의 심리를 날카롭게 포착했다. 언제든 다시 출발선에 설 수 있는 청춘의 무한한 가능성을 깨닫게 한다.

★제8회 푸른문학상 수상작가 ★국어 교과서 수록작가

81. 파란 담요 김정미 지음

「스키니진 길들이기」로 제12회 푸른문학상 '새로운 작가상'을 수상하며 깊은 인상을 남겼던 김정미 작가의 첫 청소년소설집. 청소년들의 다양한 고민들을 폭넓게 아우른 여섯 편의 소설이 그들의 상처입은 마음을 따스하게 위로한다.

★한국문화예술위원회 문학나눔 선정도서 ★학교도서관저널 추천도서 ★학교도서관사서협의회 추천도서

82. 그 애를 만나다 유니게 지음

완벽하다고 믿었던 일상이 한순간에 무너진 순간, '그 애'가 나타난다. 그 애와 함께하는 동안 자신이 진정으로 바라는 모습이 무엇인지 고민하며, 절망을 희망으로 바꾸어 나가는 주인공의 성장기가 진한 감동을 선사한다.

★아침독서 청소년 추천도서 ★학교도서관저널 추천도서 ★학교도서관사서협의회 추천도서

83. 너를 읽는 순간 진희 지음

바쁜 현대의 삶 속에서 따뜻하게 보살핌받지 못하는 우리 청소년들의 아픔과 외로움을 고스란히 담았다. 주인공 '영서'를 향한 다섯 인물들의 연민과 동정, 질투나 죄책감 같은 본연의 감정들이 엇갈리듯 그려진다.

★한국문화예술위원회 문학나눔 선정도서 ★대한출판문화협회 해외전파사업 선정도서

84. 기린이 사는 골목 김현화 지음

타인의 고통에 둔감한 현대인들의 마음속 순수의 세계를 밝혀 줄 이야기. 아픔과 슬픔을 공유하고 건강한 성장통을 앓는 열다섯 살 선웅, 은형, 기수의 가슴 따뜻한 이야기가 펼쳐진다.

★제5회 푸른문학상 수상작가

*〈푸른도서관〉 시리즈는 계속 나옵니다!